Hinrich Borkenstein

Der Bookesbeutel

Hinrich Borkenstein

Der Bookesbeutel

ISBN/EAN: 9783744623964

Hergestellt in Europa, USA, Kanada, Australien, Japan

Cover: Foto ©Andreas Hilbeck / pixelio.de

Weitere Bücher finden Sie auf **www.hansebooks.com**

№ 58/7.   Neue Folge No. 6/7.

Deutsche Litteraturdenkmale
des 18. und 19. Jahrhunderts
herausgegeben von **August Sauer**

DER

BOOKESBEUTEL

LUSTSPIEL

VON

HINRICH BORKENSTEIN

(1742)

LEIPZIG

G. J. GÖSCHEN'SCHE VERLAGSHANDLUNG

1896

Es sind genau zehn Jahre her, dass Paul Schlenther in seinem vortrefflichen Buche „Frau Gottsched und die bürgerliche Komödie" (Berlin 1886) einen Neudruck des „Bookesbeutel" ankündigte, „eines Lustspieles, welches der Hamburger Buchhalter Borkenstein schon 1742 herausgab und welches, von Gottscheds Regeln nicht unabhängig, sich durchaus vor Allem auszeichnet, was Gottscheds Deutsche Schaubühne gleich darauf beigebracht hat" (S. 221 f.) Solche Worte, die mit sichtendem Lobe den Nagel auf den Kopf trafen, haben dem Werk allgemeinere Teilnahme wieder zugewandt und man hat sich seither gemüht, über den Verfasser dieser Komödie, dem man aber vielleicht den Namen eines Dichters immerhin wird vorenthalten wollen, näheres zu erfahren. Mich selbst haben ein paar Jahre später meine Studien zu Borkenstein geführt und heute ist man sich wohl darüber einig, dass dieser wilde Schössling, den noch Gervinus ohne rechtes Verständnis bei Seite warf, der erneueten Aufmerksamkeit wert war. Man weiss, dass aus diesem schwellenden Keim ein stattlicher Baum erstanden ist, der noch heute im heimischen Mutterboden fest wurzelt und dessen dichtbelaubte Krone noch heute grünt und blüht und Frucht bringt. Der Bookesbeutel ist der Stammvater der hamburgischen Lokalkomödie. Bis heute hat sich das Hamburger Lokalstück mit seinem behäbigen Platt, wenn auch in gewisser Hinsicht entartet, selbständig erhalten. Mit der simplen Technik Borkensteins, mit dem naiven Naturalismus seiner Sprache werden noch heute auf den Brettern der Vorstadtbühnen volkstümliche Typen aus dem Hamburger Leben vorgeführt und wie vor hundertundfünfzig Jahren belacht und bejubelt. Nur dass heute das Lokalstück, wie es natürlich erscheint, durchaus sozial gefärbt ist, dass heute nicht der Gegensatz von guter (Leipziger) und schlechter (Hamburger) Lebensart, sondern der von Reich (Böse) und Arm (Gut) den Stoff der lose verknoteten Handlung hergiebt. Es bedarf hier keiner Beteuerung, dass alle diese jüngsten Lokalstücke, deren Titel man in Kürschners Litteraturkalender unter dem Namen ihres Urhebers Joh. Herm. Christ. Bischoff findet, künstlerisch ohne Wert sind, aber ihre Erwähnung gehört deshalb hierher, weil sie als die letzten Ausläufer einer durch den „Bookesbeutel" in Hamburg hervorgerufenen dramatischen Richtung anzusehen sind. Ueber alle diese Theaterstücke, von denen gar manche es auf hunderte von Vorstellungen auf den volkstümlichen Vorstadtbühnen Hamburgs bringen; über Julius Stinde's „Hamburger Leiden", welche wohl an tausend Aufführungen — natürlich mit entsprechenden Aenderungen — in Deutschland und Oesterreich erlebt haben; und über die zahlreichen andern plattdeutschen Komödien hinaus, die zu Anfang der sechziger Jahre im Carl Schultze-Theater auf St. Pauli einen frenetischen Jubel hervorriefen, führt uns die heimische Theatergeschichte weiter zurück zu den vielen heute längst vergessenen Hamburgensien, die in den dreissiger Jahren das Publikum des kleinen Theaters in der Steinstrasse entzückten. Bis zu den Befreiungskriegen etwa läuft hier ununterbrochen ein roter Ariadnefaden, der freilich nun den tastenden Händen entgleitet und sich in das labyrinthische Dunkel des vorigen Jahrhunderts verliert. Scheinbar wenigstens. Wer aber unter Gaedertz' kundiger Führung[1]) sich weiter in diese heute zum grössten Teil verschütteten Gänge und finsteren Winkel hineinwagt, dessen geschärftes Auge wird, wenn er dem schwachen, ihm entgegendringenden Lichtschimmer nach-

---

[1]) Das niederdeutsche Drama von den Anfängen bis zur Franzosenzeit. Von Karl Theodor Gaedertz. Berlin, A. Hofmann & Comp. (1884.)

spürt, bald genug den Faden in seiner Hand wieder-
finden, der ihn sicher zurückleitet bis in das Jahr 1741.
Von ihm strahlt ein stilles Leuchten aus: Es ist das
Geburtsjahr des hamburgischen Lokalstücks.

Ich habe früher[1]) des nähern auszuführen versucht,
wie gerade in dem litterarisch damals so rührigen Hamburg, das sich eigentlich immer in zäh an seine Eigenart
festhaltendem und vor jeder Uniformierung des Geistes-
lebens starke Abneigung bekundendem Gegensatze zu
Leipzig und dem litteraturgewaltigen Gottsched empfunden hatte, der Boden ein besonders günstiger für das
Entstehen einer neuen Komödienart von vornherein war.
Wie er, planvoll und geschickt vorbereitet, jetzt diese
hoffnungsvolle Frucht tragen konnte. „Das eigenartige
Leben des niedersächsischen Gemeinwesens bot eine
Fülle von köstlichen komischen Motiven da, die Stoffe
lagen gleichsam in der Luft; auch waren durch den
vielgelesenen „Patrioten" seit 1724 eine Reihe Lokal-
typen, scharf und eckig ausgeprägt, in die Litteratur
eingeführt worden, welche, weil sie aus dem Leben genommen, nur auf die Bühne verpflanzt zu werden
brauchten, um des Erfolges sicher zu sein. Der Mann,
der dieselben zuerst mit vielem Humor für das Lokalstück verwandte, war eben der Verfasser des Bookesbeutel, Hinrich Borkenstein." Auf diese Erinnerung darf ich mich hier beschränken.

Während wir den Spuren der litterarischen Her-
kunft dieses scharf blickenden Mannes fast Schritt um
Schritt nachgehen können, liegt sein eigentliches Leben
für uns noch immer im Dunkel und wird es auch wohl

---

[1]) Hamburgische Dramatiker zur Zeit Gottscheds und
ihre Beziehungen zu ihm. Ein Beitrag zur Geschichte des
Theaters und Dramas im 18. Jahrhundert. Von Dr. Ferdinand Heitmüller. Dresden und Leipzig 1891. — Teilweise benutzt für die folgende Darstellung ist ferner auch
ein von mir 1892 in der Litterarischen Gesellschaft zu
Hamburg gehaltener (ungedruckter) Vortrag über „Hamburgische Lokalkomödien".

immer bleiben. Nur wenig davon hat sich in Zeitschriften und Büchern niedergeschlagen und ist noch für uns nachweisbar. Man wird annehmen dürfen, dass namentlich die zweite Hälfte in den ruhigen Gleisen eines bürgerlichen Daseins dahinfloss. Dass dieses Leben, zumal seine zweite Hälfte, nicht in der Oeffentlichkeit gelebt wurde. Dass es still verklang. Dass sein Tod keine Lücke riss in einer schon ganz anders gearteten Zeit, die bereits Goethes aufgehender Stern durchstrahlte und erleuchtete.

C. C. Redlich in Hamburg hat sich, angeregt durch meine Monographie, der dankenswerten Mühe unterzogen, die hamburgischen Kirchenbücher über Borkensteins Geschlecht zu befragen. Auch war er in der Lage, zwei mit dieser Quelle ziemlich genau übereinstimmende Stammbäume der Familien Borkenstein und Bruguier zu benutzen, sodass man seine Mitteilungen, welche die meinigen teilweise bestätigten und erweiterten, durchaus als abschliessende betrachten darf.

„Hinrich Borkenstein war das sechste von eilf Kindern des Kaufmannes Julius Borkenstein, der als Zeuge bei der Verhandlung über den stürmischen Bürgerkonvent am 27. Sept. 1703 in dem bekannten Prozess gegen Baltzer Stielcken aufgetreten war.“ ¹) Als dieser Prozess im Oktober 1703 spielte, war der ebenfalls zu Hamburg geborene Vater 39 Jahre alt: Er ist also 1664 geboren und wahrscheinlich ein Sohn von Johann Matthias und Frau Anna Dorothea Borckenstein. Seit 1697 war er mit Anna von Rönne — des 1690 verstorbenen Heinrich von Rönne und Cäcilie geb. Tecklenburg Tochter, welche als Witwe am 26. März 1719 stirbt — verheiratet und wohnte bei seinem im September 1714 erfolgten Tode²)

---

¹) Vgl. Redlich in der Zeitschrift für Deutsches Alterthum und deutsche Litteratur. Herausgegeben von Edward Schröder und Gustav Roethe. Berlin 1893. Band 37, S. 168 f.
²) Nach dem Kirchenbuche von St. Petri ist er am 24. September 1714 beerdigt worden.

in der kleinen Bäckerstrasse. Der Knabe Hinrich, am
21. Oktober 1705 geboren und von Jacob Brummer,
Hinrich von Rönne und Frau Cäcilie Bötefeur zur Taufe
gehalten, ist damals also neun Jahre alt. Er wird ebenfalls Kaufmann. Im Jahre 1741 bezeichnen ihn die
Quellen noch einstimmig als Buchhalter (Bookholler)
und Redlich nimmt an, dass er „bis ungefähr 1745" in
dieser Stellung zu Hamburg verblieb, dass er dann aber
nach Spanien ging und 1764 als reicher Mann in seine
Vaterstadt zurückkam. Auf dem Jungfernstiege schafft
er sich in prächtigem Stadthause ein behagliches Heim,
nicht mehr erwerbend und schaffend, auch litterarisch
nicht, nur geniessend. Der „Rentenierer", der 1766
den Titel eines „kön. dänischen Kommerzienraths" erhalten hat, heiratet noch mit dreiundsechzig Jahren:
am 16. Mai 1768. Seine Gattin Susanne, am 8. Juli
1741 zu Hamburg geboren, ist eine Tochter des verstorbenen Kaufherrn Jean Alexandre Bruguier und der
Johanna Susanne, geb. Sarrasin aus Frankfurt a. M.
Drei Töchter und ein Sohn sind ihm geboren[1], als der
Tod an den Zweiundsiebenzigjährigen herantritt und am
29. November 1777 dem glücklichsten Familienkreise
entführt. Seine Witwe schildert der sonst freilich nicht
immer zuverlässige Jügel[2]) als eine schöngeistige Dame,

---

[1]) Redlich macht sie namhaft: 1) S u s a n n e oder
S u s e t t e, 2) D o r o t h e a A m a l i a, get. 11. März 1770
von Alberti, spätere Frau Charles Louis Thierry, † ca. 1830,
3) L u i s e C a t h a r i n a, geb. ca. 1771, gest. unverheiratet
ca. 1828, 4) H e i n r i c h, später Kaufmann und Weinhänd-
ler in Hamburg, geb. ca. 1773, gest. 14. Febr. 1828, dessen
drei Kinder [a) ein Sohn, Kaufmann in London; b) eine
ältere Tochter, Gattin des französischen Landschafters
Ortmans in Fontainebleau; c) eine jüngere, Wittwe des
vor wenigen Jahren verstorbenen Hamburger Lithographen
Eduard Ritter] Ende 1892 noch alle am Leben waren.

[2]) Das Puppenhaus, ein Erbstück in der Gontard'schen
Familie. Bruchstücke aus den Erinnerungen und Familien-
Papieren eines Siebenzigers; zusammengestellt von Carl
Jügel. Mit Lilli's Portrait. Frankfurt a. M. 1857. S. 385 f.

welche, „angesehen und sehr vermögend", auch „in den freundschaftlichsten Beziehungen" zu dem seit 1775 dauernd nach Hamburg zurückgekehrten Klopstock gestanden habe. Neun Jahre nach ihres Eheherrn Tode folgt sie ihrer ältesten, damals siebzehnjährigen Tochter Susanna (Susette)[1]) nach Frankfurt a. M., nachdem diese am 9. Juli 1786 „in der französisch-reformierten Kirche in der Königstrasse, dem bekannten städtischen Wohnhause Klopstocks gegenüber, von Pastor Dumas dem Frankfurter Bankier Jacob Friedrich Gontard[2]) angetraut" worden war. Diese junge Frau Gontard ist Friedrich Hölderlins „Diotima".[3]) Im Jahre 1793 stirbt ihr die zärtlich geliebte Mutter. Schon in Hamburg hatte sie „zuweilen heftige, Besorgniss erregende Schmerzen in der rechten Brust empfunden," aber immer das Leiden zu verheimlichen gewusst. Als der Frankfurter Arzt, der mit den Gontards engbefreundete Dr. Ebel zur Amputation der Brust schritt, war es bereits zu spät: „das Gift hatte sich bereits dem übrigen Körper mitgetheilt und sie musste den Folgen davon unterliegen."[4]) Das

---

[1]) Laut Kirchenbuch am 9. Februar 1769 getauft in des Vaters Hause am Jungfernstieg (Paten: Johanna Susanna Bruguier, Cecilie Schacht und Otto Heinrich Knorre), also wahrscheinlich am 7. Februar in Hamburg geboren; gestorben am 22. Juni 1802 in Frankfurt a. M.
[2]) Geb. am 18. Juli 1764 in Frankfurt a. M.
[3]) Man hat sie bis vor kurzem für eine Enkelin Borkensteins gehalten, indem man zwei Träger dieses Namens annahm: Heinrich B. (den Verfasser des „Bookesbeutel") und dessen „muthmasslichen" Sohn Hinrich B. (den kön. dän. Kommerzienrat). Der Irrtum, den aber auch Carl C. T. Litzmann in seinem 1890 erschienen „Leben Hölderlin's" noch nicht durchschaute (vgl. die Anmerkung 2 auf S. 289 f.), war dadurch entstanden, dass die beiden Vornamen, Hinrich und Heinrich, in den Quellen nebeneinander vorkommen und vornehmlich dadurch, dass man keine Kenntnis von der späten Heirat Borkensteins besass. Es ist Redlichs Verdienst, diesen Irrtum endgültig beseitigt zu haben.
[4]) Carl Jügel a. a. O., S. 387.

etwa ist das, was heute über Borkensteins Familie,[1]) die mit alteingesessenen Hamburger Geschlechtern verschwägert war, mit Sicherheit feststeht. Und nun zurück nach Hamburg und zu des Dichters Stück! Ein paar Bemerkungen über den Titel des Lustspiels kann ich mir hier nicht versagen, obwohl ich schon früher auch über die Etymologie des Wortes ausführlich gehandelt habe. Ich muss aber hier darauf zurückkommen, weil neuerdings H. P a u l in seinem Deutschen Wörterbuch[2]) die Annahme, Bookesbeutel stamme vom nnd. Books-Büdel für „unwahrscheinlich" erklärt hat. Mit grosser Mühe habe ich seiner Zeit so viel erschöpfendes Material aus der zeitgenössischen Litteratur über diesen Punkt zusammengetragen, dass ich wirklich nicht weiss, wie eine Annahme, die in ihrer schlichten Natürlichkeit schon von vornherein viel für sich hat, durch Litteraturbelege n o c h m e h r an Wahrscheinlichkeit gewinnen könnte. Ich muss deshalb annehmen, dass Herrn Professor Paul die Darstellung meiner quellenmässigen Ermittelungen hierüber, die auch mein verehrter Lehrer, Professor Friedrich Kluge, für sein Etymologisches Wörterbuch anstandslos acceptiert hat, entgangen sei, und setze deshalb die Hauptbelege, weshalb man allerdings das Wort von „Beutel zur Aufbewahrung des Gesangbuchs" herleiten muss, nochmals hierher. Bookesbeutel, niedersächsich Books-Büdel, ist ein speziell h a m b u r g i-s c h e s Wort und etwa gleichbedeutend mit Schlendrian, d. h. mit den in Gesellschaftskreisen für „gut befun-

---

[1]) Vgl. die Stammbaumtafel.
[2]) S. 77 heisst es unter „Bocksbeutel": 1) Eine Flaschenart, die wegen ihrer Aehnlichkeit mit dem Hodensack eines Bockes so benannt ist, verwendet für die edelsten Frankenweine in der Umgebung von Würzburg. 2) Im 17. und 18. Jahrhundert soviel als Schlendrian, Beibehaltung eines veralteten Herkommens, noch nicht befriedigend erklärt; unwahrscheinlich ist die Annahme, dass es aus nnd. Boksbüdel (Beutel zur Aufbewahrung des Gesangbuchs oder Statutenbuchs) stamme.

denen und festgestelleten, obgleich nimmer schriftlich recessirten Gewohnheiten und Gebräuchen." Zu Borkensteins Zeit war diese Bedeutung in Hamburg natürlich allgemein bekannt; doch kommt der Name — beiläufig gesagt — schon hundert Jahre früher in zwei hamburgischen Hochzeitsgedichten vor.[1]) Ich gebe noch ein paar Beispiele aus der Presse. Im Patrioten[2]) von 1725 findet sich eine humoristische Auslegung des für Nichthamburger unverständlichen Begriffes. Ein Fremder, welcher meint, der Bookesbeutel sei ein hamburgisches Gesetzbuch etwa in der Art des Schwaben- oder Sachsenspiegels, wird von einem Hamburger an die Südseite der Petrikirche geführt und sieht „an selbiger Wand, nicht weit von der Thür, ein gehauenes Bild einer heiligen und andächtigen Frau, die in der linken Hand ein Buch in einem Beutel trägt." „Da sehen Sie" — so lauten in der Notiz die Worte des Erklärers — „eine Mode, die noch kaum vor 50 Jahren erst gänzlich bey unserem Frauenzimmer in Abgang gekommen, dass sie nämlich Andachts-Bücher, welche gemeiniglich gar sauber gezieret gewesen, in einem Beutelförmigen Ueberzug zur Kirche tragen." Leider hat der grosse Brand von 1842, welcher bekanntlich auch die Petrikirche heimsuchte, diese in Stein gehauene Etymologie des Namens vernichtet.[3]) Als aber später der Brauch, das Kirchenbuch in einem an der Hüfte mit kunstvollen Ketten befestigten Beutel zu tragen, aus der Mode gekommen war, blieb der Begriff in der weiteren Bedeutung des Schlendrian lebendig. Alle althergebrachten,

---

[1]) Die Titel derselben findet man in meinen „Hamburgischen Dramatikern" S. 68, Anmerkung 147.
[2]) 5. Julii 1725 (Nr. 79).
[3]) „Ist doch das alte Wahrzeichen Hamburgs, der weltbekannte Bocksbeutel (eine weibliche Figur an der Petrikirche mit einem Gesangbuch im Beutel, plattdeutsch „Booksbüdel" d. h. Buchbeutel) in den Flammen aufgegangen!" Allgemeine Zeitung für 1842 (Stuttgart 1843), S. 1286.

nicht mehr zeitgemässen und deshalb verderblichen und
lächerlichen Gewohnheiten wurden mit ihm „in Hamburg,
wo der Schlentrian den Vorzug für den Wohlstand heget" ¹),
belegt. So richteten sich beispielsweise „Frauenzimmer
im Range nach dem Booksbeutel", was ein „Complimenten der Hamb. Weiber nach dem Books - Beutel"
überschriebener Artikel im ersten Jahrgang des Patrioten ²) in sehr interessanter Weise illustriert. Es heisst
da u. a.: „Wegen des Ranges im sitzen entstund bey
der übrigen Gesellschaft zwischen zwo Frauens-Personen,
ein höflicher Streit, weil beide auf einen Tag geheirathet
hatten, welcher von ihnen, nach der Gewohnheit, der
Vorsitz gebührete. Endlich that die Frau Boocks-Büdels,
eine alte Matrone, den Ausspruch" — u. s. w. Man sieht
genau, wie ein so alberner Schlendrian, den wir ja wohl
auch heute noch nicht völlig überwunden haben, schon
damals durch sein Alter ehrwürdig geworden war: Die
Hamburger Damen befolgten ihn bei Vorfällen im bürgerlichen Leben, in der Gesellschaft, im Umgange sehr
genau. Auch Adam Gottfried Uhlich, der eine der vielen
Fortsetzungen zum „Bookesbeutel" lieferte, äussert sich
in der Vorrede seines Stücks ähnlich über den „im
Niedersächsischen und vornehmlich in Hamburg ehe-
dem" herrschenden Gebrauch, das Gesangbuch in einem
Beutel zu tragen. „Da sie nun gemeiniglich," sagt er
u. a., „auf den Kirchwegen gern stehen blieben und
mit einander von vielerlei und oft läppischen Dingen
schwatzten, die meistens ihre alte Gewohnheit betrafen,
über welche sie steif hielten, so nannte man nach diesem
alles, was wir etwann Schlendrian nennen, den Boockes-
beutel, von Boock (Buch) und Beutel." ³) Dieses „Steif-

---

¹) Vgl. Uhlichs Poetische Gedanken, 44. Stück (4. November 1747).
²) Hamburg. Patriot (V, 46), XXXIII, 315.
³) Vgl. auch noch J. Fr. Schütze, Holsteinisches Idio-
tikon (Hamburg 1800), I, S. 126 und 127; Grimms Wörterbuch (1860) II, S. 206.

halten", Klatschen, durch die Hechel ziehen, ist auch
in einer kleinen niedersächsischen Arie persifliert, welche
in einem in Hamburg 1716 aufgeführten „Musicalischen
Schau-Spiele" des Schwaben Ulrich von König, dem
Singspiel „Die Römische Grossmuht, Oder Calpurnia"
vorkommt und bei K. Th. Gaedertz[1]) abgedruckt ist.
Die beiden ersten Strophen lauten:

As ick noch Jumfer was, värwahr,
Do hebelt ick dat hele Jahr,
Ick trock de Nüstern in de Höh
Un sede nicks as Ja un Ne.

Doch as ick kam in Fruen-Stand,
Wur de Bocks-Büdel mi bekant,
Do mug ick ock so gern als een
De Lüde dor de Hehckel theen.

Das etwa ist mir von zeitgenössischen Belegen bekannt geworden und es soll nur noch im Vorübergehen
erwähnt werden, dass es auch an einsichtigen Leuten
nie gefehlt hat, welche dem hartlebigen Bookesbeutel
schon früh zu Leibe gingen. Man mag darüber z. B.
die von Hamann 1728—1730 in Hamburg herausgegebene
„Matrone"[2]) nachlesen. Man wird aber auch nach diesen
Proben nicht fehlgehen, wenn man annimmt, Borkenstein habe die erste Anregung zu seinem Stück vielleicht in diesen Wochenblättern, zumal im Patrioten,
empfangen. An Stoff mangelte es wahrlich nicht und
es bedurfte nur des scharfen Blickes und der Gestaltungs-
kraft eines Dichters, der eben im stande war, diese
Modenarrheiten und sinnlosen Gebräuche eingesessener
Familien zu verdichten, zu einem lebensvollen Gebilde
zusammenzufassen, der im stande war, die Albernheiten
und den Aberglauben des vaterstädtischen Lebens humo-
ristisch zu belächeln oder, wo es nötig schien, auch seinen

---

[1]) A. a. O., S. 122, wo sich auch die Schütze'sche Ab-
leitung in einer Anmerkung unter dem Texte findet.
[2]) Die Matrone, 1728, S. 49. Von mir wieder abgedruckt a. a. O., S. 71.

Spott und Hohn darüber auszugiessen. Der Umstand,
dass Borkenstein sein Sujet mit ungezählten Lokalismen
zu durchsetzen wusste, macht sein Werk kulturhistorisch
noch heute ausserordentlich wertvoll. Das „Milieu",
wie wir heute sagen würden, ist entschieden seine starke
Seite und lässt ihn uns vor andern mitdichtenden Zeitgenossen merkwürdig erscheinen. Das Konventionelle,
in dem der Zeitgeist stärker war als er, steckt in dem
Typischen seiner Charaktere. Es sind keine Menschen, keine Individuen, sondern Figuren, die er will-
kürlich schiebt und leitet, wie es das pädagogische End-
ziel, das er verfolgt, gerade erfordert. Doch ich muss
die „Handlung" in wenigen Strichen skizzieren.

Vater, Mutter und Tochter der Familie „Grobian"
sind die Vertreter des hamburgischen Bookesbeutels:
Der reiche, auf Pfänder leihende, kostspielige Geistes-
bildung verachtende und geizig wuchernde Geldprotz,
seine abergläubische, auf das „Herkommen" pedantisch
haltende, klatschsüchtige und bei jedem Aerger aus
Angst um das teure Leben zum Apotheker schickende
Frau „Agneta" und ihre ungebildete, geldstolze und
patzige Tochter „Susanna" werden mit naturalistischen
Details geschildert. Das einzige Gute an der Frau
Grobians ist eigentlich nur ihre saubere Akkuratesse
und die liebende Sorge, mit der sie ihre Tochter vor
der brutalen Gewalt des jähzornigen Gatten zu beschir-
men sucht, aber im allgemeinen erscheinen alle drei,
vorzugsweise in den ersten Akten, als dumm und schlecht.
Namentlich diese Susanna verfügt über alle möglichen
Untugenden und ist ein wahres Monstrum von Unweib-
lichkeit und Herzensroheit: Sie singt vor und nach
Mittag mit Mutter und Domestiquen „neue weltliche
Lieder", sie spielt mit Kutscher und Mägden Hahnrei
in der Karte um einen Kuss und trinkt zu alledem
noch Schnaps. Die Unsitte des Branntweintrinkens
scheint damals unter Hamburgs Frauen und Jungfrauen
leider überhaupt stark im Schwange gewesen zu sein,

denn auch die vorhin erwähnte plattdeutsche Arie geisselt
diese nicht gerade weibliche Eigenschaft. In der letzten
Strophe heisst es nämlich:

Man as ick eene Witwe was,
Do war min Trost een Branwyns-Glas,
Do find ick mi recht wohl daby
Un doh wat in de Hebely.

Das lässt an Deutlichkeit nichts zu wünschen übrig.[1)]
Diese drei gewiss zu schwarz gezeichneten Personen
also sind die Vertreter des hamburgischen Schlendrians.
Um so lichter sind die Kontrastfiguren, in denen das
Prinzip der guten, feinen und galanten Leipziger Lebensart verkörpert ist, ausgefallen: Sie sind klug und gut.
„In ihnen offenbart sich alle Tugend, Unschuld, Bildung
und der beste gesellschaftliche Tact.“ Da ist besonders
der treffliche, auf der Leipziger Hochschule gebildete
Sohn Grobians, „Sittenreich“, und dessen eleganter
Universitätsfreund „Ehrenwehrt“; zu ihnen gehört
auch Grobians Schwager, „Gutherz“, der lange das
Haus gemieden hat. Mit der Ankunft Ehrenwehrts
setzt die Handlung ein. Dieser hat, von seiner liebens-
würdigen Schwester „Caroline“ begleitet, die be-
schwerliche Reise von Leipzig her nicht gescheut, um
des Freundes Schwester Hand zu gewinnen. Da er
sehr reich ist, so sucht ihn die Hamburger Familie mit
allen erlaubten und unerlaubten Mitteln anzulocken
und drängt ihm in oft sehr drastischen Scenen ihre
Tochter förmlich auf. Dieser aber zieht alsbald die
sittige und in der galanten Lebensart den Leipzigern
nichts nachgebende „Charlotte“ aus Hamburg vor
und die böse Susanne muss sich mit einem vom Dichter
für diesen Zweck erfundenen Reservebräutigam („Rothbart“), der im Stück aber nicht auftritt, trösten. Auch aus

---

[1)] Ueber das Branntweintrinken zieht auch Uhlich in
seinem Dreiakter „Der Schlendrian oder des berühmten
Boockesbeutels Tod und Testament“ her; es ist hier ein
Hauptcharakterzug der Frau „Alrune“.

Sittenreich und Caroline wird trotz des Widerstandes des
alten Grobian ein Paar, und wenn der Vorhang fällt,
nehmen wir die Hoffnung mit, dass in künftigen Zeiten
auch in Hamburg die gute feine Lebensart der Leipziger
in Kindern und Enkeln lebendig werden wird.
Wie ganz neuerdings wieder ein moderner Dichter
ein wirksames Drama auf den Gegensatz zwischen
Vorder- und Hinterhaus aufgebaut hat, so entspringen
hier aus dem Widerstreit der feinen Obersachsen und
und der groben Niedersachsen eine Reihe von köstlichen
komischen Motiven und Situationen auf die unge-
zwungenste Art. Aber während der moderne Realist
seine Satire satirisch ausklingen lässt, bringt Borkenstein die alte Moral, dass die Guten belohnt und die
Schlechten bestraft werden, zu Ehren. „Die Moral,“
bemerkt denn auch schon Schütze,[1]) „welche aus der
Heirath, die der Fremde mit des Hauses Tochter be-
absichtigte, dem man zu essen giebt, und, weil er reich
ist, anzuködern sucht, der aber die bessere Charlotte
der schlechteren Susanne vorzieht: die daraus hervor-
springende Moral ist einleuchtend und treffend.“
Die Geisselung menschlicher Schwächen und Thorheiten, die Blossstellung veralteter und verkehrter An-
schauungen und abgelebter „Wahrheiten“ in Ibsens Sinne
durch einen humorvollen, überlegenen Spott ist von jeher
das eigenste Gebiet der Komödie gewesen. Aus alter Erfahrung aber wissen wir auch, dass aus dem Lustspiel-
dichter nur zu leicht ein Possenschreiber wird, und so
dürfen wir, meine ich, mit dem alten Borkenstein nicht
zu scharf ins Gericht gehen, wenn auch er gelegentliche
Streifzüge in das benachbarte Gebiet der Posse nicht
verschmähte. Seine derbkomische, übermütige Satire,
die freilich auch vor platten Anzüglichkeiten und Unflätereien nicht zurückschreckt, macht manche Seicht-
heiten und Lascivitäten erträglich. Das was wir heute

---

[1]) Hamburgische Theatergeschichte, S. 260 ff.

psychologische Entwicklung und Motivierung nennen,
ist ihm noch ganz unbekannt. Die Charakteristik ist deshalb auch noch eine sehr äusserliche und naive; kein Ein-
sichtiger wird leugnen wollen, dass hier manches übertrieben und mit zu dicken Farben aufgetragen ist, wenn-
gleich Schütze ¹) bezeugt, dass derartige Charaktere
damals im Leben selbst sehr wohl möglich gewesen
sind. Die grobe Holzschnittmanier alter Meister fällt
einem ein. Man muss aber Schütze auch zugestehen, dass
von „Oekonomie und Scenenverbindung kein Gedanke"
sei. Im grossen Ganzen wenigstens. Auch die Akt-
schlüsse sind gewiss matt und kraftlos. Der Leser hat
das Gefühl, dass die dramatische Situationskomik, welche
das Stück im übrigen nicht vermissen lässt, nicht dem
vorbedachten künstlerischen Scenenaufbau entspringt,
sondern jener unverwüstlichen, rücksichtslosen und vor
nichts zurückscheuenden Satire, welche die erkannten
Schäden der damaligen Gesellschaft in krassester Form
und um jeden Preis blosszulegen und zu verspotten
trachtet. Also ein ganz modernes Prinzip, das von dem
Verfasser in künstlerisch allerdings recht weit gesteckten
Grenzen auf eine naturalistische Art, möchte man sagen,
verfolgt wird. Die Wahrheit hat auch schon Borkenstein
auf seine Fahne geschrieben; in ihrem Zeichen will er
siegen. Sein Stück soll die Bühne reformieren und von
der alten Harlekinade, die noch immer mächtig war, be-
freien. Gemeine Sitte und Denkart sollen unterliegen,
Geschmack und Vernunft triumphieren. Die Zoten und
Unflätereien des Harlekins will er verbannt sehen und
dafür „die Wahrheit" — wie er im Vorbericht ausführt —
eingesetzt wissen. Seine Diktion wird man als eine
kräftige, wenn auch bisweilen ungefüge bezeichnen
müssen; aber sie hebt sich so wirkungsvoll und wohl-

---

¹) Zwar tadelt auch er die Personen als „übertrieben",
aber er giebt zu, dass „Charaktere wie diese damals (das
quid nimis abgerechnet) keine Seltenheiten gewesen" sein
möchten.

thuend von dem Schwulst der Sprache in den gereimten
Alexandrinerstücken der Zeitgenossen ab, dass man
manches Rohe und Zotige — schon von Schütze als
„unleidlich" getadelt — gern mit in den Kauf zu nehmen geneigt wird. Zudem war das Publikum von den
Harlekinaden her, die mindestens bis 1740 bestimmend
auf seinen litterarischen Geschmack eingewirkt hatten,
an eine viel stärkere Kost gewöhnt und musste fast
unmerklich und ganz allmählich zu Freuden höherer
Art im Schauspielhause erst erzogen werden.

Inwieweit Borkenstein in Wahl des Stoffes, Anlage
der Charaktere und Scenenführung von dem seinerseits
wieder stark von Molière beeinflussten Dänen Hol-
berg abhängig ist; inwieweit schliesslich auch er von
Gottsched mit äusseren Regeln und dramatischem
Rüstzeug ausgestattet wird — das hier nochmals zu
wiederholen dürfte kaum angezeigt sein.[1]) Dass er
selbst Beziehungen zu Dänemark gepflogen habe, vielleicht gar selbst der fremden Sprache mächtig gewesen
sei, ist wegen des ihm vom König von Dänemark ver-
liehenen Kommerzienrattitels nicht durchaus unglaub-
lich. Der Umstand sodann, dass in dem benachbarten
Altona gerade in jenen Jahren Detharding anfängt, die
Aufmerksamkeit der deutschen Bühne durch geschickte
Uebersetzungen auf jenen nordischen Poeten zu lenken,
macht es zudem wahrscheinlich, dass beide auch in per-
sönlichem Verkehr standen und in häufigem Gedanken-
austausch die Vorzüge von Holbergs Komik gründlich
kennen lernten. Einen andern Punkt aber möchte ich
noch im Vorübergehen etwas schärfer herausstellen.
Ich habe vorhin schon gesagt, dass unser Buchhalter
mancherlei Anregung sicherlich der eifrigen Lektüre
des hamburgischen „Patrioten" zu danken habe. Ganz
abgesehen davon, dass diese Wochenschrift schon früh

---

[1]) Vgl. darüber meine frühere Schrift S. 60 ff., 67,
73 f. und besonders 79.

angefangen hatte, im allgemeinen für die Veredlung
des litterarischen Geschmacks und für eine ernstgemeinte
Sittenverbesserung der Mitbürger iu die Schranken
zu treten, zeigt sich ihr Einfluss auf Borkensteins
Denkweise in einem Punkte besonders deutlich, was
auf den ersten Blick freilich nicht viel zu besagen
scheint. Es ist dies da, wo der hamburgische Schrift-
steller auf die verkehrte Erziehung der Tochter seines
Helden, der Susanna Grobian, und damit auf die Kinderzucht im allgemeinen — dieses beliebte und viel ven-
tilierte Thema der Hamburger Presse und besonders
des genannten Organs! — zu sprechen kommt. Gutherz, Grobians Schwager, ein vielerfahrener, weitblicken-
der, weiser und vorurteilsfreier Mann, vertritt in unserer Komödie, wenn man so will, die Rolle des antiken
Chors und ist offenbar auch einer der vielen Vorfahren
des Grafen Trast in Sudermanns „Ehre." Er ist es,
der im fünften Auftritt des zweiten Aktes (S. 40 85
und 41 1—3) auch jetzt auf Frau AgnetensVorwurf, wenn
er in ihr Haus komme, so sei immer gleich genug über
sie zu klagen, in die bezeichnenden Worte — ganz im
Sinne des „Patrioten" — ausbricht: „Ich habe dann
und wann von der schlechten Kinderzucht gesprochen,
dazu hat mich mein Gewissen verbunden: denn hievon
entstehet alles Böse, was in der Welt ist."[1] Man
sieht, der philosophierende Mensch war niemals ver-
legen, eine Erklärung für die Existenz des Schlechten
in dieser besten aller Welten zu finden und auszu-
sprechen! Wer aber geneigt ist, diesen Spuren nach-
zugehen, wird unschwer eine Menge interessanter Be-
lege für meine Beobachtung sammeln können. —
    Ueber die verschiedenen Drucke ist nicht viel zu
sagen. Die Originalausgaben des Lustspiels sind heute

---

[1] Vgl. hierzu Karl Jacoby, Die ersten moralischen
Wochenschriften Hamburgs am Anfange des 18. Jahrhunderts. (Programm des Wilhelm-Gymnasiums zu Hamburg. 1888.· Nr. 687.) S. 15 und 16.

ziemlich selten. Ein Unicum[1]) scheint das Exemplar der
ersten Auflage (Frankfurt und Leipzig 1742), welche
unserm Text zu Grunde liegt, zu sein. Ausser den drei
von mir berücksichtigten Drucken existiert das Stück
noch in einem „ziemlich dicken Octavband von Schau-
spielen"[2]), welche Sammlung Martini, der Veranstalter
der Hamburger Ausgabe von 1746, 1748 herausgab.
Man darf aber vermuten, dass das populäre Stück sicher
noch in weiteren Drucken verbreitet worden sei. In
welchem Verhältnis die drei Hauptdrucke zu einander
stehen, soll die folgende Uebersicht darthun. Ganz
geringfügige Abweichungen sind nicht notiert, offenbare
Druckfehler stillschweigend verbessert worden. Der
Vorbericht von A und A^1 fehlt in B. Ich bezeichne mit:

A Der | Bookesbeutel. | Ein | Luſtſpiel | von | Drey Auf=
zügen. | Frankfurt und Leipzig. 1742. | 8°. VIII und
104 Seiten.

A^1 Der | Bookesbeutel | Ein | Luſtſpiel | in | Drey Auf=
zügen. | Hamburg | bey Johann Adolph Martini | 1746.|
8°. VIII und 104 Seiten.

B Der | Bookesbeutel. | Ein Luſtſpiel | von dreyen Hand=
lungen. | Nach dem Originale, wie es auf der | Schöne=
manniſchen Schaubühne | zuerſt aufgeführet worden. | Ham=
burg, 1747. | 8°. 95 Seiten.

7,₁₈ es] ihres B
,,₂₄ ihr nach habt B
8,₁₆ dazu nach und B
,,₁₉ thut fehlt B

---

[1]) Es befindet sich in der kaiserl. öffentl. Bibliothek
zu St. Petersburg. Trotz umfassendster Umfragen bei den
verschiedensten Bibliotheken weiss ich kein zweites Exemplar nachzuweisen. Das Scherer'sche, von dem es hiess,
es sei eins der 1. Auflage, entpuppte sich als eins der
häufiger vorkommenden 3. Auflage (Hamburg 1747) und ist
jetzt im Besitze des Adelbert College in Cleveland (Ohio).
Beide Exemplare haben mir vorgelegen.
[2]) Goettinger Zeit. von gelehrten Sachen. 1748. S. 703.

9. gelernet, unb] gelernet. Mit B
   . erſuchen] verſuchen B
10. fremb] ein Frember B
11. gegangen] gegangen wäreſt A'B
   . ber] zu ber A'B
12. nicht] nicht gleich B
   .. Nach Gebet ab:
   Agneta. Nun, mein Sohn, ſehet vor allen Dingen ja zu, baß mir keine Unorbnung in meinem Hauswesen baraus entſtehet. B
14. ſchätze] liebe B
15. ihnen] ſie A'B   ich] ichs A'B
   . nicht nach noch B
   .. toll] tolles B
   .. ba mich] mich baſelbſt A'B
16. merkwürbigſte] merkwürbigſte iſt A'B
   .. mit] auch mit B
   .. Um] In A'B
17. gleich ... zu verurſachen] unb gleich ... verurſachen B
   . Sprichwort] Sprüchwort
   .. Affairen] Sachen A'B   nicht nach gar B
18. er fehlt B
   .. werben,] werben; B
19. Nach legen:
   Grobian. Liebe Frau, vergieb mir, wenn ich Schulb baran bin! Ich habe mich übereilet. Verbirb mir aber nur bieſesmal ben Hanbel nicht. Lege bich nur zu Bette. Ich wünſche bir von Herzen gute Beſſerung. B
   .. weiß] weiß wohl B
20. Braut nach Jungfer wäre unb eine B
   . und .. Ein Bräutigam!] Ein Bräutigam! Ein Bräutigam! B
   .. ihnen] ſie B
21. angenehm] ihnen angenehm A'B
23. nicht] ſie nicht B
24. Jahr] ſeit Jahr B
   .. nicht] auch nicht B
   .. mich nicht ſo] mir nicht zu B
   .. .. noch alſo] alſo noch B
25. für welchen] vor welchem B
   .. ſo lange er lebet, nimmer] nimmermehr B
26. . belieben werben] belieben B

26. ſolche] ſie *B*   ſogleich] zugleich *B*
27. Stühlen] Stühlen inne *B*
  14 einer] der *B*
  31 nicht] wohl *B*
28,13 Moſcowitern] Tartarn *B*
  14 Steinen] Reimen *B*
29. Da] Aber da *B*
  17 nichts] ihm nichts *B*
  20. 21 ſo glaube ich] ich glaube *B*
  24 mein] ſein *B*
30. leben] leben als er *B*
31. Ja] Ja, ja *B*
  24 Einhitzen] Einheitzen *B*
32. 3 anhören] länger anhören *B*
  14 denen] den *A¹B*
  20 nicht] nichts *B*
  30 nun fehlt *B*
  31 deine] beiner *B*   legen] legen müſſen *B*
  33 gehet] kommt *B*
33. vertrockneten] vertrocknen müßten *B*
34,17 Ja] Je *B*
  19 niemals] nicht *B*
  23 Dem ohngeachtet ſind wir] Wir ſind dem ohngeachtet *B*
  30 genug fehlt *B*
35. Ehen] Heirathen *B*
  16 ſchön] jung, ſchön *B*
36. Willt] Willſt *B*
  9 Ja] Je ja *B*
  11 das Gewiſſen] ein Gewiſſen *B*
  19 gutes] recht gutes *B*
  22 vorſchiebt] vorſchieſt *B*
  24 vorige fehlt *B*
  30 Ich] Junge! ich *B*
37. will] will ich *B*
  14 Schwager] Herr Schwager *B*
38. Gefallen] Dienſt *B*
  10 ſonſt noch] noch ſo *B*
  22 dieſes oft] es oft ſo *B*
39. ihnen] ſie *B*
  6 anſtehe] anſtehet, *B*
  8 allzueilig] gar zu eilig *B*

39₁₁ wo es ... bedarf] die ... bedürfen *B*

₁₁ ihnen] fie *B*

₁₄ nur] nun *B*

42₁₇ Oheim] Herr Oheim *B*

₁₉ Bruder] Herr Bruder *B*

45₁₁ ist fehlt *B*

47₁₄ fest] gewiß *A'B*

48₄ Wochenbette] ersten Wochenbette *B*

49₁ Sorge] unnöthige Sorge *B*

₉ nur] nur nicht *A'B*

₁₄ wehrten] schönen *B*

50₉ an] aber an *B*

₂₂ Dingen] Sachen *B*

51₁₀ begehre ihr nicht] begehre nicht, ihnen *A'B*

52₁₂ Rache] Strafe *B*

53₁₁ in] vor *B*

54₁₂ Jungfer fehlt *B*

₁₉. ₂₀ wahrgenommen habe] wahrgenommen *A' B*

56₉. ₁₀ ich ließ ihr einen] der ließ ich den *B*

₁₂ Fremden lauter] fremden Leuten, nichts als *B*

₁₄ den] daß fie den *B*

₂₂ beine] die *B*

₂₃ mit beiner] um beine *B*

57₈ bich fehlt *B*

₁₉ Landesweise] Landesart *B*

₂₇ Sprüchwort] Sprichwort *A'B*

58₁₄ kriegt] bekommt *A'B*

₁₈ nicht] ob er nicht *B*

60₁₇ zu] gar zu *B*

61₂ geringen] schlechten *B*

62₁₄ Nach möge:

> Agneta. Da kömmt mein Mann. Ihr könnts ihm selbst anbringen. Komm meine Tochter wir wollen gehen. Ich will kein trauriger Bothe seyn. *B*

63₁₉ anfieng] angieng *B*

64₄ viel] lang *B*

₇ ihre besten Freunde] ihren besten Freund *B*

₁₂ um fehlt *A'B*

₁₉ und ₂₄ üble] böse *B*

65₇ Dinge fehlt *B*

₂₂ O Himmel!] Die Charlotte, O Himmel! *B*

65₁₄ ein Clyſtir!] ein Clyſtir! ein Clyſtir! *B*
66₁₃ Ein] Einen *B*
_. ₁₅ erhängen] aufhängen *B*
₁₆ Papa!] Papa! doch, *B*
67₃₄ beſſer fehlt *B*
68₄ eigen fehlt *B*
69₁₀ hat] Oder hat *B*
70₁₃ haben fehlt *B*
₁₇ nicht] ſchlecht *B*
71₂₃ dieſe] die *A¹B*
72₄ Sprüchwörter] Sprichwörter *B*
₆. ₇ eher als ich einen Mann bekommt] eher einen Mann be-
kömmt als ich *B*
₁₇ doch fehlt *B*
₂₄. ₂₅ dafür verlangen, und nichts davon abbingen.] fordern,
ohne etwas davon abzubingen. *B*
73₁ gegen] zu *B*
₆ allerbeſte] allerliebſte *B*

Bevor ich hiermit meine Betrachtung abbreche,
sei noch ein kurzes Wort über die vielen Aufführungen,
deren sich allein in Hamburg achtundachtzig¹) nach-
weisen lassen, verstattet. Die Premiere fand am 16.
August 1741 im alten Opernhause auf dem Gänsemarkt, wo Schönemann damals spielte, statt und die
Aufnahme war eine geradezu enthusiastische. Als stän-
diges Repertoirstück macht es dann in den ersten drei
Monaten immer volle Häuser. Man war sich sofort
klar darüber, dass es sich hier um etwas Neues, bis
dahin Unbekanntes handelte. Unter Schönemanns Direk-
tion (1747) floriert es weiter durch „Ekhofs und Schönemanns treffliches Spiel", ja sogar 1756 „zog der Bookesbeutel noch immer," wie Schütze bezeugt. Ein Jahr
später giebt es auch Kuniger in Hamburg und unter dem

¹) Vgl. die Statistik der durch erhaltene Komödien-
zettel gesicherten Hamburger Aufführungen in meiner
Schrift S. 75 f.; ferner F. F. W. Meyer, Schröder II, 2. Abthl.,
S. 40 ft.; Schmid, Chronologie des deutschen Theaters,
S. 107; Schütze a. a. O., S. 260 ff. und Löwen, Schriften,
4. Theil, S. 35.

Titel „Der Grobian" erscheint es noch am 22. November 1765 auf den Brettern des neuen, in diesem Sommer eröffneten Schauspielhauses am Gänsemarkt. Den Grobian zählte noch 1764 Ackermann zu seinen besten Leistungen, die „Susanna" war eine Glanzrolle seiner Frau. Vor allen andern aber hat K o n r a d E k h o f die nachhaltigsten Triumphe in seiner Paraderolle als „Rentenierer Grobian" gefeiert, den er nach Schröders Zeugnis „sehr gemein" darzustellen liebte — und zwar wie seine Vorgänger i n p l a t t d e u t s c h e r S p r a c h e. Das war ein überaus feiner Zug, denn zu diesem Stück, das so intim Hamburger Verhältnisse „auf eine comische Weise" durchzog, gehörte ohne Zweifel die „eegene Fruu-Mooder Spraak." Diese Muttersprache — heute fast ganz auf die Strasse verbannt — war aber das Plattdeutsche. Im Munde des Arbeiters und kleinen Mannes klingt es zwar rauh und ungefügig, von den Gebildeten und Vornehmen, besonders aber von Damen gesprochen, soll es eine angenehme, weiche und leicht bewegliche Umgangssprache gewesen sein. In Geschäfts- und Seemannskreisen spielte daneben das Holländische eine grosse Rolle[1]) und man war gewöhnt, dieses dem Hamburger Platt so nah verwandte Idiom auch von der Hamburger Bühne herab zu hören. Gerade eben jetzt, 1740 und 1741, hatten wiederum zwei bedeutsame holländische Schauspielertruppen mit nachhaltigstem Beifall in der Fuhlentwiete gespielt.[2]) Genau zwei Monate später findet der plattdeutsch aufgeführte Borkenstein ein ihm stürmisch zujauchzendes Publikum, und noch heute gehört zu dem im Eingang charakterisierten Lokalstücken der Lokaldialekt, eben das Plattdeutsche, das

---

[1]) So wurden beispielweise auch die kaufmännischen Bücher in Hamburg z. T. holländisch geführt.

[2]) Ich habe ihr Repertoir in einer kleinen Studie „Holländische Komödianten in Hamburg" (Theatergeschichtliche Forschungen. Herausgegeben von Berthold Litzmann. VIII. Hamburg und Leipzig 1894. S. 97—123) veröffentlicht.

sich schnell in der Gunst der Bevölkerung festsetzte.¹) Wenn auch der ausdrückliche Vermerk, dass in diesem Stücke „drey Rollen in niedersächsischer Sprache gehalten" würden, erst auf den Zetteln aus späterer Zeit) erscheint, so hat doch auch schon Gaedertz sehr fein und richtig empfunden, dass man sich diese Personen schlechterdings nicht anders als platt oder missingsch redend denken könne. Mag der Verfasser seinen Text bei der Conception auch wohl hochdeutsch zu Papier gebracht haben, so sind doch manche Parthien in den Reden des Grobian, der Agneta und der Susanna durchaus plattdeutsch empfunden und es mutet den Hamburger, dem schon von Kindesbeinen an dieser Laut vertraut ist, zuweilen an, als ob Borkenstein bei der Niederschrift sich geradezu einen Zwang hätte anthun müssen. Man hört deutlich das Platt überall zwischen den Zeilen heraus und mancherlei Wendung und Redensart, die im Platt gang und gäbe ist, macht in der hochdeutschen Form ein fremdes Gesicht, an das man sich erst gewöhnen muss. Auch den Gutherz stellt man sich wohl am glücklichsten als missingsch kauderwälschend, die galante Charlotte dagegen ebenso wie die Leipziger als hochdeutsch konversierend vor. . . .

Dass diese Gestalten bald populär wurden, ist kaum wunderbar; viel eher könnte man geneigt sein zu glauben, dass die Wirkungen eines so stark lokal gefärbten Werkes auf den Boden, in dem es erwuchs, beschränkt geblieben wären. Aber ganz das Gegenteil ist der Fall.²) Heute freilich können wir nur noch

---

¹) Vgl. meine frühere Schrift S. 78, Anmerkung 171.
²) Ich kenne nur drei dieser Art: 2 Hamburger: 20. September 1751, 24. Januar 1757; 1 Lüneburger aus dem Jahre 1764 (abgedruckt bei Gaedertz a. a. O., S. 182 f.), auf welchem letztern der Haupttitel auch noch durch den Zusatz „oder: Der Hamburger Schlendrian" erklärt wird.
³) Vgl. Plümicke, Berliner Theatergeschichte, 1781, S. 198 und Lessings Sämtliche Schriften 13, S. 143.

verhältnismässig wenige auswärtige Darstellungen nach-
weisen, aber dass es im Triumphzuge über viele Bühnen
ging, bekundet ausdrücklich auch der von Gaedertz a. a. O.
abgedruckte Zettel von Johann Ludwig Meyer in Lüne-
burg. In Breslau, wo Schönemann 1744, und zumal in Berlin, wo er 1748 und 1749 spielt, findet
neben den Gellert'schen und Krüger'schen Stücken unter
den Originalen besonders der „merkwürdige" Bookesbeutel, nach Plümickes Zeugnis, „ungemeinen Beifall",
und 1755 hat ihn Ackermann auch in Halle gegeben.
Noch vier Jahre später als die Lüneburger Aufführung
von 1764 fällt eine von Döbbelin in Berlin veran-
staltete, worüber Karl Lessing von hier am 11. April
1768 an seinen Bruder in Hamburg berichtet. Er
erzählt ihm, dass aus Ehrfurcht vor dem bei der
zehnten Aufführung der „Minna von Barnhelm" am
dritten Ostertage anwesenden Königlichen Hof des
Bruders Lustspiel „nicht laut vom Parterre wieder-
verlangt" worden sei. „Mein zerstreuter Döbbelin,"
fährt er dann fort, „kündigte also das erste beste Stück
an, das ihm einfiel: — den Bocksbeutel. Der Bocksbeutel auf die Minna! murrte man und schimpfte
den gekrönten Wachtmeister einen unwissenden Narren.
Aber mit Unrecht; es war von Döbbelin weislich gehandelt. Er kennt die Grossen, denen der Bocksbeutel ein sehr schönes Stück ist. Ich war sehr begierig, ob es da voll sein würde. Ich kam und fand
im Parterre etliche zwanzig Personen, von denen ich
als ein fleissiger Komödiengänger weiss, dass sie keinen
bessern Erholungsort wissen und bei einem albernen
deutschen Stücke ebenso gern gähnen als bei einem
französischen. Auf der Galerie befanden sich die
Kenner und Gelehrten. Sie wussten auf ein Haar,
wenn der Schauspieler nicht recht Hamburgisch kauder-
wälschte." (Lessings Werke, Hempel 20, 236 f.)
    Das war im Jahre 1768! Aber schon viel früher
hatte die derbe Burlesque Anstoss und Bedenken er-

regt. Ein vernichtendes Urteil aus dem Jahre 1748
(„Goettinger Zeit. von gelehrten Sachen", Stück 88,
S. 703) habe ich in meiner früheren Schrift S. 81
wiederabgedruckt. Ein anderes, das mir damals entgangen ist, sei hier nachgetragen. Es findet sich in
den „Hamburgischen Beyträgen zu den Werken des
Witzes und der Sittenlehre" ¹) und knüpft an eine
dortige Aufführung im Jahre 1752 an. „Am 2. August," sagt der Verfasser, „sahen wir das vor vielen
Jahren hier in Hamburg verfertigte Lustspiel: Der
Bookesbeutel. Es ist dieses ein satyrisches Stück
auf die übertriebenen Gebräuche unsrer Einwohner.
Doch die Sitten bessern sich allemal mit den Wissenschaften, und man wird kaum den Schatten mehr von
diesen groben Unanständigkeiten in unsern Gegenden
wahrnehmen. Ein lächerliches Ceremoniel, und andre
etwas feinre, doch aber auch zugleich lächerliche Gewohnheiten haben itzt die Stelle der alten Sitten eingenommen, und wer itzt den Bookesbeutel schreiben
wollte, der müsste seinen Plan ganz anders entwerfen,
wenn er wahrscheinlich bleiben sollte." Nicht durchaus
verurteilend, aber doch tadelnd äussern sich auch Löwen²)
und das „Hann. Magazin" aus dem Jahre 1768 (S. 372),
während Schütze viele Jahrzehnte später trotz seiner
nicht geringfügigen Ausstellungen, die er macht, abschliessend gesteht: „Wer weiss ob dieser alte Bookesbeutel, versteht sich mit schicklichen Veränderungen
nicht in unsern Tagen noch und verdienter Glück machen
würde, als manches fade Lustspiel der neuern deutschen
Bühne." —

Eine kurze Fortsetzung, das am 2. April 1742 von
der Schröder in Hamburg gegebene Nachspiel „Roth-
barts Verlöbniss," welches die Jungfer Susanna unter
die Haube bringt, vermochte kein weiteres Interesse

¹) Hamburg 1753. S. 200 f.
²) Schriften, 4. Theil, S. 35.

zu wecken, obwohl die im Fluge beliebt und bekannt
gewordenen Vertreter des Bookesbeutels (Grobian,
Agneta, Susanna) darin wieder auftraten. Ein Druck des
Stückes, dessen Verfasser Borkenstein auch wohl nicht
war, ist mir unbekannt geblieben. Abschliessend sei
aber noch an ein anderes Stück Borkensteins mit
orts- und zeiteigentümlichem Gepräge, „Der Misch-
Masch", erinnert, von dem nichts als der Titel auf
uns gekommen ist. Die Schröder gab das gegen die
Sprachvermengung, das Durchsetzen der Rede mit französischen Floskeln und Phrasen zu Felde ziehende
Stück nach dem Manuskript in Hamburg viermal,
zuerst am 28. November 1742. Es fand keinen Beifall und ist auch nie gedruckt worden.[1]) Wie es scheint,
hatte sich mit dem Bookesbeutel Borkensteins dramatische Kraft erschöpft. Dieser aber war ein Treffer
ersten Ranges gewesen. Unzählige Nachahmungen und
Fortsetzungen, von denen die Uhlich'sche am be-
kanntesten geworden ist,[1]) reden noch heute eine deut-
liche Sprache von seinem tiefen und nachhaltigen Einfluss auf die Zeitgenossen. Als Borkenstein aber 1777
stirbt, war sein dichterischer Ruhm schon längst zu
Grabe getragen: Die Presse geht mit Stillschweigen
darüber hinweg. Kulturhistorisch betrachtet jedoch ist
„Borkensteins Farce", wie die „Chronologie des deutschen Theaters" (S. 125) es wegwerfend nennt, ein
merkwürdiges und interessantes Produkt aus der Früh-
zeit deutschen Theaterlebens. Aber auch die Litteratur-
geschichte wird nicht vergessen, dass in der Entwicklung von den Veltheim'schen Possen und Harlekinaden bis zu Lessings „Minna von Barnhelm" „Der

---

[1]) Vgl. darüber ausser Litzmanns Schröder I, S. 32,
meine frühere Schrift S. 82—86, wo sich auch ein Abdruck
des Zettels der ersten Aufführung findet.
[1]) Ebd., S. 87 ff. Vgl. auch meine Monographie „Adam
Gottfried Uhlich" (Theatergeschichtliche Forschungen.
VIII. Hamburg und Leipzig 1894.), S. 67 f.

Bookesbeutel" einen hochragenden Markstein bezeichnet,
dass sein Erscheinen einen grossen Schritt nach vor-
wärts bedeutet.

* * *

Zum Schluss darf ich noch ein Wort des Dankes
sagen. Meine sehr mühsamen und langwierigen Nachforschungen nach dem ersten Druck wären wohl erfolglos
geblieben, hätte nicht Herr Dr. Johannes Bolte in Berlin
mich damals, als ich schon alle Hoffnung aufgegeben hatte,
auf dessen Vorhandensein in der Kaiserl. Oeffentl. Bibliothek zu St. Petersburg aufmerksam gemacht. Nachträglich
erst hatte er diese Notiz unter den auf einer russischen
Reise gemachten Aufzeichnungen wieder entdeckt. Die
teilnehmende Liebenswürdigkeit Professor Bernhard
Suphans vermittelte die Uebersendung dieses Druckes
von St. Petersburg an das Goethe- und Schiller-Archiv
in Weimar. Dem Entgegenkommen des Herrn Geh.
Rats Professor Dr. A. Wilmanns', des Generaldirek-
tors der Kgl. Bibliothek in Berlin, danke ich die Mög-
lichkeit der Einsicht in das Scherer'sche Exemplar,
welches derselbe auf meine Bitte von dem Adelbert
College in Cleveland (Ohio), dessen Büchersammlung
es gegenwärtig besitzt, nach Deutschland kommen liess.

Endlich muss ich noch der Liberalität des Herrn Direktors Dr. Carl Christian Redlich in Hamburg gedenken, welcher mir die durch seine sorgfältigsten Nachforschungen gesicherten Stammbäume der Borkenstein-Bruguier'schen Familie aus dem Besitze der Enkelin Borkensteins, der Frau Léontine Auguste Ritter in Hamburg, zur Drucklegung darbot. Ihnen allen gebührt ein öffentlich auszusprechender Dank!

Welmar, 21. Februar 1896.

Franz Ferdinand Heitmüller.

Der

Bookesbeutel.

Ein

Lustspiel

von

Drey Aufzügen.

Frankfurt und Leipzig. 1742.

)(2ᵃ] Vorbericht.

Wie die Schaubühne von jeher als eine Schule guter Tugenden und Sitten von allen vernünftigen Leuten angesehen ist; also haben auch seit einiger Zeit sich verschiedene bemühet, den üblen Geschmack in Deutschland
5 von derselben zu vertreiben.

[)(2ᵇ] Ungeachtet aber aller solcher Bemühungen, scheinet es doch, als wenn die gesunde Vernunft in diesem Stücke nicht so leicht wie in andern Ländern, und insonderheit in Franckreich geschehen ist, die Herrschaft erhalten wird.
10 Denn obgleich man sich bemühet hat, so wohl durch neu= verfertigte, als aus andern Sprachen übersetzte Stücke unsern Landsleuten den guten Geschmack beyzubringen; so siehet man doch, daß noch an den mehresten Oertern unsers Vaterlandes, die Zotten und Unfläterenen des Harlekin,
15 die Betriegerenen und Ränke Scapins, statt der Wahrheit, wo nicht ganz und gar, doch zum Theil die Oberhand behalten. Die Ursache, warum man noch immer das Un= vernünftige, das Pöbelhafte, und das Niederträchtige dem Vernünftigen, dem Gesitteten und dem Erhabenen vor=
20 ziehet, ist von so weitem Umfange und hat so viele Quellen, daß selbige hier in einem kurzen Vorberichte anzuführen, zu weitläuftig fallen würde. Und man zweifelt nicht, daß der geschickte, und um die deutsche Schaubühne sich be= sonders verdient gemachte Herr [)(3ᵃ] Professor Gottsched,
25 solches bereinst in den Fortsetzungen seiner deutschen Schau= bühne mit mehrerm thun wird.

Gegenwärtiges Stück ist schon vor Jahr und Tag
von der geschickten Schönemannischen Gesellschaft auf der
Hamburgischen Schaubühne zum öftern aufgeführet worden.
Es hat den Beyfall derer, welche die Vernunft und den
guten Geschmack lieben, erhalten. Aus der ganzen Ein= 5
richtung siehet man wohl, daß der Herr Verfasser desselben
besondere Geschicklichkeit besitzen muß. Die Einrichtung
ist ordentlich und regelmäßig; und der ganze Innhalt
mahlet uns so wohl die Abscheulichkeit der Laster als auch
die Annehmlichkeit der Tugenden mit so lebendigen Farben 10
ab, daß niemand dasselbe ohne Gemüthsbewegung lesen
oder hören wird. Denn an der Person des Grobians
bemerket man einen Sammelplatz verschiedener Laster, welche
alle in solcher Grösse bey ihm anzutreffen sind, daß man
in Zweifel stehen wird; ob der Geiz oder die Grobheit, 15
der Hochmuth oder die Nieder= [)(³ᵇ] trächtigkeit in seinem
Gemüthe die Oberhand haben. Doch scheinet es wohl,
daß der Geiz, für alle andere Laster die Oberherrschaft
über ihn hat, welcher ihn dermassen bemeistert, daß er
auch so gar die allerempfindlichste Beschimpfung nichts 20
achtet, wenn er nur Geld bekommt. Nichtweniger findet
man an seiner Frau und Tochter die Spuren einer pöbel=
haften, abergläubischen und niederträchtigen Lebensart;
und einjeder, der nur die allergeringste Hochachtung für
sich selbst hat, wird solche zu vermeiden und zu verab= 25
scheuen suchen.

Dagegen bemerket man an den Sittenreich, Gutherz
und übrigen eine vernünftige und wohlgesittete Lebensart.
Sie geben uns den zärtlichsten Eindruck von der Auf=
richtigkeit, Redlichkeit, Höflichkeit und Bescheidenheit. Und 30
obgleich man noch hin und wieder einige geringe Fehler
an ihnen gewahr werden könnte, die mit einer scharfen
Moral nicht bestehen; so wird einjeder, so lange er an sich
selbst fühlet, daß er ein Mensch ist, auch bedenken, daß
niemand ohne Schwachheiten und Unvollkommenheiten ist. 35
[)(4ᵃ] Wie nun dieses Stück durch die oftwiederholte Auf=
führungen schon ziemlich bekannt ist, und mit recht ver=

dienet, daß es noch bekannter gemacht werde; so hat man
sich nicht entlegen können, es hiemit vielen Lesern in die
Hände zu liefern. Man wünschet zugleich, daß viele da=
durch aufgemuntert werden mögen, mehrere dergleichen
5 Stücke zu liefern; so wird unser Vaterland endlich sehen,
daß auch auf der deutschen Schaubühne die gesunde Ver=
nunft und der gute Geschmack den abgeschmackten Possen
vorzuziehen sind.

Perſonen:

Grobian, ein Rentenierer.
Agneta, deſſen Frau.
Sittenreich, ſein Sohn.
Suſanna, ſeine Tochter.
Gutherz, des Grobians Schwager.
Ehrenwehrt, ein Frember aus Leipzig.
Carolina, beſſen Schweſter.
Charlotte, Freundin ber Suſanna.
Zwo Mägbe.

Der Schauplatz iſt in Hamburg in bes Herrn Grobians
Hauſe, fängt vor Tiſche an und währet bis gegen Abend.

[Kopfleiste.]

Erster Aufzug.

Erster Auftritt.

Agneta, Susanna, in Haustracht, zwo Mägde.

Agneta strickt, Susanna nähet, die Mägde spinnen. Jede hat ein
Lieberblat vor sich. Sie singen:

Ey was schadt ihm das,
Wenn im grünen Graß
Unser Hänsgen Gretgen küsset.
Von vorne.

Zweeter Auftritt.

Sittenreich, die vorigen.

Sie stecken geschwinde die Blätter in die Tasche, eine aber läßt
es fallen.

Sittenr. Ey, wenn wird denn das unzeitige
Singen einmal aufhören? Ich habe euch schon so oft
darum ersucht. Alle Nachbarn sprechen davon. Sie nennen
euch bereits die scheinheilige Schwestern, und es ist recht.
Ihr verstehet eben so wenig was ihr singet, als ein Papagey
was er spricht. Habt ihr denn kei= [2] nen vernünftigern
Zeitvertreib? ... Aber sagt mir, aus was Ursache ver=
steckt ihr eure Bücher vor mir? Seyd ihr etwan bange,
daß ich mitsinge? Ihr habet euch doch nicht gar zu wohl
vorgesehen, denn hier lieget eins auf der Erde. Er
nimmt es geschwinde auf. Laß sehen, was ihr denn gesungen?

Er lieſt. Sechs ſchöne, neue, weltliche Lieder. 1. Hat dich
denn das Ungelücke wieder in den Krug geführet? 2. Ge=
ſellen höret an, was mich für Jammer quälet. 3. Ihr
Schwäger ſtellt euch nur bey Tag und Nächten ein. 4. Hans
und Gretgen will, morgen in der Still, eines mit ein=   5
ander wagen. 5. Ich bin der Arzt, ich bin der Mann,
der allen Mädgen helfen kann. 6. Liebſtes Liesgen lege
dich. Aber ſaget mir, ſchämet ihr euch nicht? Wenn das
die Nachbarn merken, ſo werden ſie erſt ſchmälen. Bisher
ſtehen ſie in den Gedanken, daß ihr lauter erbauliche Lieder   10
ſinget; wenn ſie aber hinter den wahren Inhalt derſelben
kommen werden: was haben ſie nicht Urſache zu ſprechen?
Schöne neue weltliche Lieder. Er lieſt abermal. Ich bin ein
rechter Engel, ich bin ganz ohne Mängel, vom Fuß bis
auf das Haupt, und wer mir das nicht glaubt, der darf   15
mich nur probieren ꝛc. Trefliche Moralia. Denkt doch!
Mutter, Tochter und Mägde ſitzen und ſingen weltliche
Lieder, dazu ſo vortreflich Zeug, welches ſich recht [3] vor
Leute ſchicket, die ſich ſo viel einbilden, als ihr thut.

     Suſanna. Je nu, was gehts euch an, Bruder,   20
wenn die Mama es uns gut heiſſet? Der Papa hat mir
am Sonntage einen Sechsling verehret, dafür habe ich
mir die Lieder gekauft, und ſinge ſie zu ſeinen Ehren.

     Agneta. Es ſchicket ſich nicht, daß der Sohn die
Mutter hofmeiſtert. Es war in meiner Eltern Haus die   25
Gewohnheit, daß wir alle Tage eine Stunde vor und nach
Tiſche ſungen, und gute Gewohnheiten muß man nicht
abbringen. So lange als ich lebe, will ich auch darüber
halten. Ich haſſe zwar ſonſt alle Neuerungen, denn das
Alte iſt immer beſſer, als das Neue: aber das muß ich   30
doch geſtehen, daß lange nichts Neues aufgekommen iſt,
ſo mir ſo wohl gefallen, als dieſe neue weltliche Lieder;
und wenn ihr uns ein andermal im Singen ungeſtört
laßt; ſo werdet ihr mir einen Gefallen thun.

     Sittenreich. Ich wäre gewiß auch nicht hergekom=   35
men, wenn ich nicht etwas nothwendiges anzubringen hätte.

     Agneta. Und was denn?

Sittenreich. Ich habe vor einiger Zeit mit meiner
Schwester von einem jungen und reichen Menschen gesprochen, den ich in Leipzig habe kennen gelernet, und mit
welchem ich eine [4] solche genaue Freundschaft gestiftet, daß
5 er blos deswegen gewünschet, mein Verwandter zu werden.
Und auf Vernehmen, daß ich eine Schwester hätte, hat
er sich entschlossen hierher zu reisen, um zu sehen, ob sie
ihm gefiele, und sodann zu ersuchen, ob sie Belieben trüge,
sich mit ihm zu verheirathen. Ich möchte ihr dies Glück
10 gerne gönnen, denn mein Freund ist so tugendhaft, als er
reich ist. Anietzo eben hat er mir seine unvermuthete
Ankunft wissen lassen, und ich habe nicht umhin können,
ihn noch vor der Mahlzeit zu mir zu bitten.
Agneta. Ich wollte, daß ihr was anders gethan
15 hättet: Es ist kein Zimmer im ganzen Hause rein: alle
Vorhänge sind in der Wäsche, und überdem, so habe ich
gehöret, daß keine Ehe glücklich seyn kann, wo der Bräutigam zum erstenmal in ein Haus kommt, das nicht rein
gemacht ist. Welche Unordnung! Eine Stunde vor der
20 Mahlzeit Fremde zu nöthigen! das ist ja unerhört!
Sittenreich. Die Leute sind an andern Orten
nicht so thöricht, daß sie auf dergleichen Kleinigkeiten achten.
Mein Freund kommt weder um das Haus zu sehen, noch
uns an der Mahlzeit zu stören. Die Frau Mutter wird
25 aber sonder Zweifel auch wohl ehe gehöret haben, daß
man gegen Fremde höflich seyn muß, [5] und es würde
sich nicht geschickt haben, meinen Freund einen Augenblick
unbesucht zu lassen. Weil ich aber Kopfschmerzen halber
nicht habe ausgehen mögen: so habe ihn zu mir gebeten,
30 und werde ihn am besten hier im Saale bewirthen können.
Agneta. Es mag diesmal seyn: Aber erinnert ihn
verblümt, daß Staats-Visiten hier nicht länger als eine
Viertelstunde währen, und entschuldigt mich vor allen Dingen,
daß das Haus nicht rein ist. Behaltet ihn bey Leibe
35 nicht hier, denn ich habe nichts zu essen. Ihr Mägde,
packet euch geschwind mit euren Spinnrädern in den Keller
oder auf den Boden, daß man euch nicht höret. Und du,

Susanna, gehe in die Schlaftammer, und gieb acht, was unsere Nachbarn machen, laß dich aber bey Leibe nicht sehen. Ich will unterdessen die Küche besorgen.

Susanna und die Mägde gehen ab.

Dritter Auftritt. 5

Grobian und die Vorigen.

Grobian. Was ists? was giebts? Wohin führet der Teufel die Mägde und Susanna?

Sittenreich. Es kommt ein Fremder zu mir, Herr Vater! 10

[6] Grobian. Ein Fremder! was will der Kerl?

Sittenreich. Er will meine Schwester heirathen, Herr Vater.

Grobian. Heirathen! ist er von unserer Ver= wandschaft? 15

Sittenreich. Ich sage ja, daß er fremd ist, Herr Vater.

Grobian. Ein Fremder, ein Schelm, ein Dieb will meine Tochter heirathen? Hat der Hund Geld?

Agneta. Ey nun, Mann, alle Fremde werden 20 doch wohl keine Schelme und Diebe seyn. Wenn darum unsere Tochter eine gute Heirath treffen könnte: so ließ sich doch die Sache wohl untersuchen.

Grobian. Darum frage ich ja, ob er Geld hat.

Sittenreich. Herr Vater, bestehet denn das mensch= 25 liche Vergnügen nur im Gelde?

Grobian. Ja, du Galgenvogel, wart, laß mir den Kerl herkommen, ich werde ihn willkommen heissen, daß er sich wundern soll. Ich will ihn fragen, ob er den Hacken wohl siehet, woran solche Diebe hängen müssen. 30

Agneta. Ey, lieber Mann, sey doch nicht gar zu unhöflich.

Grobian. Unhöflich! was habe ich nö= [7] thig einem Fremden Höflichkeit zu erweisen? überdem will er

ja nichts bringen, er will was holen. Zum Sittenreich. Doch
sage mir, wie ist der Kerl auf die Gedanken gekommen.
Sittenreich. Vor drey Jahren, Herr Vater, als
mein Oheim, der Herr Gutherz, mich in Leipzig studiren
5 ließ, bin ich mit ihm bekannt geworden. Wir haben uns,
um der Uebereinstimmung der Gemüther willen, ewige
Freund= und Brüderschaft geschworen; und auf Vernehmen,
daß ich eine Schwester hatte, pflegte er so wohl der Zeit,
als auch nachhero in allen Briefen zu scherzen: er wünschte
10 mein Schwager zu werden. Anietzo möchte aus dem Scherz
leicht Ernst werden; denn er ist herüber gereiset, ohne
mir vorher ein Wort zu schreiben, und hat sich so eben
bey mir anmelden lassen; daher ich nicht umhin gekonnt,
seinen Besuch anzunehmen.
15   Grobian. Ich wollte, daß meinen Schwager und
dich der Donner und der Hagel erschlagen hätte, ehe du
nach Leipzig gegangen. Ich habe es gleich gedacht, daß
dein Lernen und dein Reisen nichts Gutes nach sich ziehen
würde. Wie listig wuste mir mein Schwager nicht der
20 Zeit vorzuschwatzen, daß dein Studieren mir nichts kosten
sollte, daß er dich aus seinem Beutel unterhalten wollte.
Er wuste wohl, wenn ich die Unkosten hätte tragen sollen,
daß es in Ewigkeit [8] nicht geschehen wäre. Ich gebe kein
Geld für Narrenspossen; und mir ist noch immer bange,
25 du habest ihm unter der Hand eine Verschreibung gegeben,
daß du nach meinem Tode ihm solches zu bezahlen schul=
dig seyest.
      Sittenreich. Hievon ist mir nichts bewust.
      Grobian. Ich will dirs auch nicht rathen. Er
30 kann es besser thun, als ich. Er hat keine Kinder. Aber
sage mir, wärest du nicht mehrt, daß ich dir was anders
wiese? Hat dich mein Schwager darum nach Leipzig reisen
lassen, daß du mir einen fremden Kerl über den Hals
schicken sollst, der mir Ungelegenheit macht? Ist das die
35 Würkung deiner grossen Gelehrsamkeit, daß du deinem Vater
alle Augenblicke Aergerniß verursachest? Ich bleibe dabey,
der Mensch ist glücklich, der nichts gelernet hat.

Agneta. Mein Sohn, ihr habt mir ja vorhin viel
Rühmens von dem Reichthum dieses Fremden gemacht.
Sittenreich. Ich muß den Herrn Vater wohl be=
friedigen. Der Fremde, der iezt hier kommen will, ist
ein Sohn des alten Ehrenwehrts, der oft in Hamburg ge=   5
wesen, und vor einem Jahre in Leipzig gestorben ist. Der
Rede nach, soll er vier Tonnen Goldes hinterlassen haben.
Ich zweifle nicht, der Herr Vater wird ihn kennen.
[9] **Grobian.** Je, du Teufelskind, was wollte ich den
alten Ehrenwehrt nicht gekannt haben! Mußt du mich   10
denn erst zum Zorn reizen? Hätteft du mir das nicht
sagen sollen? Auf die Weise hat ja mein Schwager was
Gutes gestiftet. Ich habe mich zwar seit drey Jahren mit
ihm verunreiniget, allein iezt will ich so gleich zu ihm gehen,
und er soll sich mit mir versöhnen, und diesen Nachmittag   15
hier kommen. Du aber, wenn der junge Ehrenwehrt kommt,
so halte ihn so lange auf, bis ich wieder da bin. Ich
will ihn selber sprechen. Das Eisen muß man schmieden,
weil es warm ist. Vier Tonnen Goldes ist kein Dreck.
                                                 Gehet ab.   20
Sittenreich. Ich werde mein Bestes thun.
                                             Agneta geht ab.
Mein Freund könnte wie es scheinet, leicht zu sei=
nem Gesuche gelangen; aber ich fürchte, wenn er meine
Schwester sehen und sprechen wird, daß ihr Umgang und   25
ihre Erziehung ihm schlecht gefallen möchte. Ich hätte
nimmer geglaubet, daß mein Vater bey seiner alten Mei=
nung, die Kinder nicht das geringste lernen zu lassen, ver=
harren würde, und ich bin daher glücklich, daß mein Oheim
sich meiner angenommen hat. Ja, wehrster Gutherz, dir   30
bin ich mehr Dank schuldig für die Erziehung, als meinem
leiblichen Vater [10] für das Leben und die zeitlichen Mittel,
so er mir einmal nachläßt. Zu meiner völligen Beruhi=
gung fehlet mir nur noch der Besitz der schönen Charlotte;
allein hiezu weiß ich nicht zu gelangen. Sie ist tugend=   35
haft und schön, klug und wohl erzogen, mit einem Worte,
sie hat alle Eigenschaften eines vollkommenen Frauenzimmers.

Ich kann mich rühmen, ihre Gunst zu besitzen, allein sie
besitzet nicht die Gunst meines Vaters. Warum? sie hat
kein Geld. Verdammte Geldsucht, wie schädlich bist du
dem menschlichen Vergnügen! Ohne seine Einwilligung
kann ich gleichwohl nichts anfangen. Er würde mich ohn=
fehlbar enterben. Die letzte Zuflucht soll zum Herrn Gutherz
seyn. Doch da kommt mein Freund von einem Frauen=
zimmer begleitet.

Vierter Auftritt.

Ehrenwehrt, Carolina und Sittenreich.

Ehrenwehrt und Sittenreich umarmen sich.

Ehrenw. Die angenehme Vorstellung, meinen ge=
ehrtesten Freund zu sehen, hat mir den Weg von Leip=
zig bis hier tausendfach verlängert, und die Freude, so ich
empfinde, da ich meinen liebsten Bruder umarme, ist un=
beschreiblich.

[11] Sittenreich. So angenehm es mir jederzeit ge=
wesen ist, von des Herrn Bruders Wohlseyn schriftliche
Nachricht einzuziehen; so sehr vergnüget mich, daß ich dessen
anietzo so unvermuthet persönlich von ihm versichert werde.
Aber darf ich fragen, was für ein artiges Frauenzimmer
der Herr Bruder mitgebracht hat?

Ehrenwehrt. Es ist meine Schwester. Sie war
das ganze Jahr, als der Herr Bruder bey uns studirte,
bettlägerig, so, daß man auch an ihrem Aufkommen zweifelte;
allein sie hat sich nach der Zeit völlig erholet, und wer
weiß, wem der Himmel sie vorbehalten hat. Ihre zärt=
liche Liebe zu mir hat verursachet, daß sie mir auf dieser
Reise Gesellschaft geleistet.

Sittenreich. Ist es möglich, daß ich in einer
ganzen Jahresfrist nichts hievon vernommen habe? Ich
schätze mich inzwischen beglückt, die Schwester eines voll=
kommenen Bruders kennen zu lernen, und in Ansehung
der gemachten Freund= und Brüderschaft mit dem Herren
Ehrenwehrt, nehme ich mir die Erlaubniß, mir auch dero
Gewogenheit auszubitten.

Carolina. Die Bekanntschaft mit einer Person,
wovon mir mein Bruder so viel vortheilhaftes erzählet
hat, kann mir nicht anders als höchstangenehm seyn, um so
vielmehr, da ich gehöret, daß sie eine artige Schwester haben.
[12] Sittenreich. Etwas verwirret. Von ihrer Artig- 5
keit wird nicht viel zu rühmen seyn. Das Frauenzimmer
in Niedersachsen, einige wenige ausgenommen, wird mehr
zur Hausarbeit, als zum Umgange mit Leuten angehalten.
Wir müssen den Obersachsen, was die Erziehung des Frauenzimmers anbetrifft, den Vorzug lassen. Da kommt mein 10
Vater.

Fünfter Auftritt.

Grobian und die Vorigen.

Grobian. Gehorsamer Diener, gehorsamer Knecht,
mein wehrtgeschätzter Herr! Sind sie nicht der Herr Ehren- 15
wehrt aus Leipzig? Mein Sohn hat mir erst vor einer
halben Stunde gesagt, daß sie hier kommen würden, sonst
hätte meine Frau ein und andere Anstalten zu ihrer Be-
wirthung machen sollen. Sie läßt sich auch entschuldigen,
daß das Haus nicht rein ist. Sie hat mit der Wäsche 20
zu thun.

Ehrenwehrt. Ich bin von Herzen erfreuet, den
Vater desjenigen kennen zu lernen, den ich über alle
Freunde in der Welt schätze.

Grobian. Ja, ja, er ists auch wehrt, er ist ein 25
guter Junge. Er hätte aber noch besser werden sollen,
wenn ich ihn selbst erzogen hätte. [13] Zum Sittenreich.
Was ist das für ein Mensch, das der Herr bey sich hat?

Carolina. Zum Ehrenwehrt. Ein Mensch, lieber
Bruder! 30

Grobian. Was ists, was ists?

Sittenreich. Zur Carolina. Sie zürnen nicht,
schönstes Kind, mein Vater ist niemals in Obersachsen gewesen. Er nimmt das Wort im guten Verstande. Zum
Grobian. Herr Vater, das Wort Mensch bedeutet in Ober- 35
sachsen gar etwas Böses.

Grobian. Und was denn?

Sittenreich. Es bedeutet so viel als eine lieder=
liche Weibsperson, oder mit einem Worte, eine Hure.

Grobian. Je nun, kann ich den Leuten ansehen
5 was sie sind? Eine Hure ist ein Mensch, und eine Jungfer
ist auch ein Mensch, und damit ist es aus. Sage mir
nur, wer sie ist.

Sittenreich. Es ist des Herrn Ehrenwehrts
Jungfer Schwester.

10 Grobian. Meine liebe Jungfer, ich will nicht
hoffen, daß sie böse geworden sind. Es wäre fürwahr
närrisch, denn ich versichere ihnen, daß ich nicht gewust
habe, und auch diese Stunde nicht glaube, daß in ihrem
Lande das Wort: Mensch, eine Hure bedeutet, zum Teufel,
15 wir sind ja alle Menschen.

[14] Carolina. Unwissend sündiget man nicht. Ich bitte
zu verzeihen, daß wir ihnen so frey zugesprochen.

Grobian. O, daran haben sie wohl gethan. Zum
Sittenreich leise. Das ist ein gutes Mädgen vor dich. Zum
20 Ehrenwehrt. Aber sagen sie mir doch, mein Herr, aus was
Ursache haben sie eine so weite Reise angetreten?

Sittenreich und Carolina sprechen besonders.

Ehrenwehrt. Die Reise ist ja so groß nicht.

Grobian. Von Leipzig bis hier sollen doch über
25 hundert Meil Weges seyn.

Ehrenwehrt. O, nein, es sind nur einige vierzig.

Grobian. Ich habe mich mein Tage nicht um die
Wege bekümmert, denn ich bin nicht Willens gewesen zu
reisen. Hamburg ist ja doch der größte und beste Ort
30 in der ganzen Welt.

Ehrenwehrt. Um Vergebung, mein Herr, Paris
und London sind weit grösser, anderer zu geschweigen.

Grobian. Ey was Paris, was London. Ich habe
einen Vetter, der ist in Paris und London gewesen. Dieser
35 hat mir so viel toll Zeug von diesen Oertern gesagt, daß
ich da mich nicht todt wünschen möchte. Zum Exempel:
In Paris hat er vor Geld keine Eyermonden kriegen

können. In London haben sie nicht gewußt, was Krull=
tu= [15] chen vor Dinge sind. Sie haben nicht einmal ein
Federbett daselbst gehabt. Der Wein ist dort sechsmal so
theuer als hier; so, daß man sich zum Bettler saufen
möchte, und was das merkwürdigste; unter hundert Per= 5
sonen ist manchmal kaum einer gewesen, der deutsch ver=
standen. Kann man das grosse Oerter nennen?

Ehrenwehrt. In Paris und London haben sie
dagegen hunderterley Sachen, die uns in Deutschland fehlen
und unbekannt sind. Unter hundert von unsern Lands= 10
leuten wird auch kaum einer englisch oder französisch ver=
stehen.

Grobian. Ey, wozu ist das nöthig. Nach meinem
Willen sollte die ganze Welt deutsch reden. Was Teufel,
die deutsche Sprache kostet ja nichts. Die andern muß 15
man vor Geld und mit grossem Kopfbrechen lernen, und
alsdenn klingts, als wenn Hunde und Katzen heulen. Kein
Mensch verstehts.

Ehrenwehrt. Eine jede Nation verstehet ihre
Sprache so gut, als wir Deutsche die unsere. In London 20
kostet den Einwohnern, das Englische zu lernen, so viel,
als uns Deutschen, das Deutsche, und so ists in Paris
mit dem Französischen.

Grobian. Reden sie denn in Paris und London
nicht einerley Sprache? Nach meiner Meinung liegt Paris 25
und London so bey einander, als Hamburg und Altona.
[16] Ehrenwehrt. Nein, mein Herr, sie liegen 70.
Meilen von einander. London ist die Hauptstadt in Engel=
land, und Paris die Hauptstadt in Frankreich. Beyde
aber sind die Residenzen der Könige. 30

Grobian. Das ist mir zu weitläuftig und der
Schnickschnack bringt nichts ein. Um einer halben Stunde
werden wir speisen, und will der Herr die Ehre haben,
und mein Gast seyn, und nebst seiner Jungfer Schwester
mit uns vorlieb nehmen: so soll er willkommen seyn. 35
Was wir über der Tafel reden werden, soll vielleicht
mehr einbringen.

Ehrenwehrt. Wir werden nicht so unhöflich seyn,
gleich das erstemal Ungelegenheit zu verursachen.
Grobian. Ey, was Ungelegenheit! Machen sie
nur keine unnöthige Complimenten. Ein Schelm, der ihrent=
5 wegen Umstände macht.
Ehrenwehrt. Das wollen wir uns denn von ihnen
ausbitten.
Grobian. O, so was gebrauche ich nicht. Wenn
der Pabst oder der Türkische Kayser, oder der Teufel und
10 seine Großmutter auf den Stutz zu mir kämen, und hätten
die Ehre, daß ich sie zum Essen bäte; so müßten sie mit
mir vorlieb nehmen.
Ehrenwehrt. Das ist auch billig, wenn [17] mans
so gut hat als der Wirth selber, so muß man zufrieden seyn.
15 Grobian. Der Herr ist mein Mann, ich höre es
schon. Ich habe das Sprichwort: Wer das nicht essen
will, was ich esse, der fresse das, wobey es gekocht ist.
Ich will ihnen wohl vorher sagen, was wir speisen werden.
Laß sehen, es ist heute Montag, Dienstag, Mittwochen . . .
20 Rocken Warmbier und Plücktefinken. Wir essen, Jahr aus
Jahr ein, einerley.
Ehrenwehrt. Die Gerichte sind mir unbekannt;
jedoch es sey was es wolle, gute Gesellschaft ist immer
mein bestes Gericht.
25 Grobian. Ey, ey, ich mag doch gerne was Leckers
fressen, wenn es nur nicht so viel kostete. Ich wollte
daß der Herr gestern gekommen wäre, so hätte ich ihm
einen vortreflichen Bunkenknochen vorsetzen wollen. Viel=
leicht ist noch ein kleiner Rest übrig, daß wir die Probe
30 davon kriegen. Zum Sittenreich. Du, führe den Herrn Ehren=
wehrt und seine Jungfer Schwester ins Zimmer, und ver=
kürze ihnen die Zeit. Ich will bald wieder bey euch seyn.
Sittenreich, Ehrenwehrt und Carolina gehen ab.
Grobian. Es kostet mir Mühe von Staats=
35 Affairen zu reden. Ich bin nicht dabey hergekommen, und
gleichwol konnte ich nicht das erstemal sagen: Herr, wollet
ihr meine Tochter [18] haben? Der Narr hätte auch nur

gleich das Maul aufthun können. Mein Sohn wird es
ihm doch wohl gesagt haben, daß ich es schon weiß. Ueber
Tische werde ich nicht lange hinter dem Berge halten, und
wenn mir der Kerl lange um den Brey herum gehen will,
so werde ich ihm ins Facit sagen: daß er ein Narr ist.   5

Sechster Auftritt.

Agneta. Grobian.

Agneta. Was Teufel, Mann, schämest du dich nicht,
Fremde auf solche Traktamente zu nöthigen? Ich will
durchaus der Gäste loß seyn, und sollte ich alles Essen   10
anbrennen lassen.

Grobian. Bist du toll, Frau, oder was schadet
dir? wilst du mich unmündig machen? Ich habe ihnen
schon gesagt, was wir zu essen haben. Es sind Aussen-
leute, sie verstehen nichts davon, und sinds wohl nicht ein-   15
mal so gut gewohnt.

Agneta. So magst du mit ihnen allein essen. Ich
und meine Tochter wollen uns bey dem Gesinde behelfen,
denn es ist nicht Essen genug.

Grobian. Das sollt ihr wohl bleiben lassen. Der   20
Fremde hat viel Geld, und will er [19] mein Schwiegersohn werden, so muß er ja wohl seine Braut sehen.

Agneta. Und wenn meine Tochter ewig sollte un-
verheirathet bleiben, so soll sie heute nicht an der Tafel
kommen. Es ist in unserer ganzen Freundschaft kein Ge-   25
brauch, daß wir anders, als des Sonntags Gäste haben,
und so will ich es durchaus gehalten wissen.

Grobian. Du siehest aber, daß es nicht mehr zu
ändern stehet.

Agneta. Sollte ich in der Woche rein Tischzeug   30
und zinnerne Teller auflegen? das lasse ich wohl bleiben.

Grobian. Gieb uns das faule Tischzeug und die
hölzernen Teller. Es ist nichts daran gelegen, so sehen
sie, daß wir sparsam sind.

Agneta. Nein, ich will auch ausserdem keine Un-   35

ordnung in meinem Hause haben, und jetzt will ich selber
hingehen, und ihnen die Thüre weisen.   Will weggehen.
Grobian. Hält sie. Wo dich der Teufel nicht re=
giert.

5   **Siebender Auftritt.**

Susanna, Charlotte und die Vorigen.

Susanna. Ach! Mama, Mama!
Agneta. Was wilst du?
[20] Susanna. Das ist ein artiger Mensch.
10   Grobian. Hast du ihn gesehen?
Susanna. Ja von ferne.
Grobian. So gefällt er dir?
Susanna. Ach ja, er ist so artig, als mein Bruder
ihn mir beschrieben hat.
15   Grobian. Da, gieb deiner Mutter gute Worte
Sie will ihm eben die Thüre weisen.
Susanna. Ey warum denn, Mama?
Agneta. Darum, daß dein Vater sich unterstanden
hat, ihn heute zu Gaste zu nöthigen, da es doch nicht
20 Sonntag ist.
Susanna. Ey nun, Mama, es ist ja etwas ausser=
ordentliches. Ein Bräutigam wird sich ja eben nicht am
Sonntage melden.
Agneta. Dir zu gefallen will ich es diesmal ge=
25 schehen lassen, du magst dich ankleiden, und mit essen. Ich
will so gleich für die Aergerniß was einnehmen, und mich
damit zu Bette legen.
                                        Agneta gehet ab.
Susanna. Papa, ich habe Jungfer Charlotte holen
30 lassen. Sie soll mir sagen, was ich mit meinem Bräuti=
gam sprechen muß. Sie hat es aus den Büchern, und
Papa weiß, daß ich nicht recht lesen kann.
Grobian. Du hast wohl gethan. Jungfer Char=
lotte, sage sie ihr doch, wie sie mit dem Fremden und
35 seiner Schwester umgehen muß, und was [21] sonst nöthig

ift, so gut als sie es selbst machen würde, wenn sie eine reiche Braut werden sollte. Wenn die Heirath, woran kein Zweifel ist, vor sich gehet, so will ich ihr das Schau= stück verehren, so ich neulich gefunden habe. Es ist schön vergöldet, und ein Jude hat mir schon 20 Schillinge da= für geboten.

Charlotte. Ihnen zu gehorsamen, ist meine Schul= digkeit.

Grobian. Zur Susanna. Zu gleicher Zeit kannst du dich ankleiden, und wenn du zu deinem Bräutigam kommst, so halte dich hübsch zu ihm, und sey freundlich. Jungfer Charlotte soll sich neben dich setzen, und kann dir dann und wann einige Redensarten ins Ohr sagen. Mache nur nicht, daß du Schimpf einlegest, und verhüte vor allen Dingen, daß dir der reiche Bräutigam nicht entgehet.

Susanna. Wir wollen es so gut machen, als wir können. Grobian geht ab. Ach! Jungfer Charlotte, ein Bräutigam! das Wort klinget doch unvergleichlich! Ein Bräutigam! Ha, ha, ha! . . . . Aber was soll ich sagen, wenn ich zu ihm ins Zimmer komme?

Charlotte. Er wird sie ohne Zweifel erst an= reden, und sagen: Er schätze sich glücklich, sie kennen zu lernen.

Susanna. Sollte er mich nicht erst küssen?

[22] Charlotte. Behüte der Himmel, wie würde sich das schicken?

Susanna. Ey, warum nicht? mein Vetter Roth= bart küsset mich allezeit wenn er zu mir kommt, und saget kein Wort.

Charlotte. Ihr Herr Vetter Rothbart weiß nicht zu leben.

Susanna. Ey, er mag zu leben wissen oder nicht, die Mode gefällt mir gleichwol. Was habe ich von den Complimenten?

Charlotte. Wenn es ihnen nun gleich noch so wohl gefällt, so versichere ich ihnen, ihr neuer Bräutigam

wird es nicht thun, sondern er wird sie auf die Weise
anreden, wie ich vorhin erwähnet habe.

Susanna. Was soll ich denn antworten?

Charlotte. Was meinen sie wohl? wenn er zum
5 Exempel so zu ihnen sagte: Ich habe ein besonderes Ver=
gnügen, eine Person kennen zu lernen, von der ich mir
in Ansehung ihres Herrn Bruders viel Gutes verspreche,
und werde mich glücklich schätzen, wenn diese Bekanntschaft
zur künftigen genauern Verbindung etwas beytragen könnte.
10 Was wollen sie hier auf antworten?

Susanna. Ich wollte antworten: Ich bedanke mich.

Charlotte. Ey, das wäre eben so viel als gar
nichts. Zum wenigsten müssen sie sagen: Sie [23] wären
nicht weniger erfreuet, seine Bekanntschaft zu erhalten. Ihr
15 Bruder hätte ihnen ebenmäßig so viel Gutes von seiner
Person gesagt, daß sie gar nicht zweifelten, sein Umgang
würde angenehm seyn; alsdenn müssen sie seine Schwester
willkommen heissen; sie fragen: wie sie sich auf der Reise
befunden; wie es ihr in Hamburg gefiele; und hören:
20 was sie darauf zur Antwort giebt, alsdenn giebt ein Wort
schon das andere.

Susanna. O! das ist mir viel zu hoch. Das
kann ich unmöglich behalten; und wenn ich es nicht um
des Bräutigams Willen thäte, ich gienge wahrhaftig nicht
25 ins Zimmer. Ich stehe Todes Angst aus, wenn ich daran
gedenke.

Charlotte. So gehts, wenn man sich nicht sagen
läßt. Ich habe sie genug gebeten, sie möchten sich ein
wenig gute Lebensart angewöhnen. Nun sehen sie, wie
30 es gehet.

Susanna. Mein Vater hat immer gesagt, ich sollte
einen aus unserer Verwandschaft heirathen. Das Geld
müsse in der Freundschaft bleiben, und also habe ich ge=
dacht, ich hätte es nicht nöthig. Denn wenn unsere Ver=
35 wandte, Herr Murkopf und Herr Rohtbart hier kommen,
so geben wir uns einander die Hände, und der eine sagt:
guten Tag, wie gehts? Der andere antwortet: grossen

Dank, Gottlob so ziemlich. Denn setzen wir uns nieder
und essen so vor uns weg. So bald [24] wir satt sind,
so stehen wir auf und geben uns wieder die Hände, und
der eine sagt: grossen Dank, gute Nacht; der andere ant=
wortet: wiederum so; und damit geht ein jeder seiner 5
Wege. Hätte ich mir das vorstellen können, daß mein
Papa mich würde ausser der Verwandschaft verheirathet
haben; So hätte ich leicht ein Paar Complimente lernen
können. Aber sage sie mir doch, liebe Jungfer Charlotte,
kann ich nicht dann und wann meinem Bräutigam einen 10
guten Bissen von meinem auf seinen Teller legen? Wenn
mein Papa und Mama auf den Garten sind, so muß ich
mit dem Gesinde speisen; und da habe ich wahrgenommen,
daß der Kutscher, wenn er ein gut Stück auf seinen Teller
fand, solches dem einen Mädgen, welches die andern vor 15
seine Braut halten, auf ihren Teller legte. Bisweilen
biß sie die Hälfte davon, und legte ihm die andere Hälfte
wieder auf seinen Teller, die aß er denn auf; das gefiel
mir, und so meinte ich, wollte ich es auch machen.
 Charlotte. Dergleichen Caressen hält man Kut= 20
schern und Mägden zu gute; vor Leute von ihrem Stande
aber schickt sich solches nicht.
 Susanna. Aber ich wollte ihm gerne etwas zu
Gefallen thun, damit er merken könnte, daß ich ihn lieb hätte.
 [25] Charlotte. Je nun, das muß mit Worten ge= 25
schehen, und wenn er erst zu ihnen sagen wird, daß er
sie lieb hat, hernach ist es Zeit, ihm darauf zu antworten.
 Susanna. Je, wenn er nun gar nicht sagt, daß
er mich lieb hat.
 Charlotte. So ists ein Unglück, und denn hat 30
sie nicht nöthig darauf zu antworten; oder will sie nach
der neuen Mode etwan sich selbst anbieten.
 Susanna. Ey nun, das wäre mir ungelegen. Ich
risse mir die Haare aus dem Kopfe. Nein Jungfer Char=
lotte, sie räthet mir nicht recht. Sie will mir nur das 35
Glück nicht gönnen. Ich will zu unserer Köchin gehen,
und will die fragen, wie sie es gemacht hat, daß der

Kutscher sie so lieb gewonnen, die wird mich gewiß besser
belehren. Neulich spielten wir nach der Mahlzeit in der
Karte Hahnrey; wer das Spiel verlohr, muste seine Nach=
barn zur Rechten und zur Linken küssen, und da wuste
5 sie es immer so zu karten, daß der Kutscher Hahnrey
wurde, denn mußte er uns beyde, weil wir bey ihm saßen,
küssen. Die andern kriegten nichts, ha, ha, ha!
    Charlotta. Um des Himmels willen! läßt sie
sich denn vom Kutscher küssen?
10   **Susanna.** Je, warum nicht? Ist er nicht ein
ehrlicher Mensch? Meine Mama hat schon [26] einmal
dem Spiel mit zugesehen, und wenn der Papa nicht
eben gerufen hätte, so hätte sie gewiß mit gespielet.
    Charlotte. Ey, ey, Jungfer Susanna! so vielen
15 Verstand traue ich ihr doch zu, daß sie einsehen wird, wie
unter ihr und dem Kutscher ein grosser Unterscheid ist.
    Susanna. Wie groß denn? meine Mama hat mir
wohl zehnmal gesagt, daß ich darum nicht hoffärtig seyn
müsse, weil unsere Abkunft von schlechten Leuten ist; und
20 wenn ich nicht irre, so ist mein Aelter=Vater ein Schu=
flicker gewesen, daß nun der Himmel meinem Vater ge=
segnet, davor kann der Kutscher ja nicht.
    Charlotte. Der Satz hat seine Richtigkeit. Jungfer
Susanna, nehmen sie mirs nicht übel. Ich sage alles aus
25 guter Meinung. Will sie es aber nicht annehmen, das
stehet ihr auch frey.
    Susanna. Es ist schon gut. Alle Leute wissen
es schon, daß sie gerne hofmeistern mag: da sie mir
nichts anders sagen wollte, könnte sie nur gar still ge=
30 schwiegen haben. So was brauch ich nicht. Ich weiß
selber schon, was ich sagen will. *Läuft weg.*
    Charlotte. Allein. Meine liebe Jungfer Susanna,
ich merke wohl, Herr Rothbart, Herr Ehrenwehrt und der
Kutscher sind alle [27] Mannsleute bey euch. Jedoch,
35 was soll ich sagen? Der Apfel fällt selten weit vom
Stamme, und wie die Mutter ist, so erziehet sie auch die
Tochter.

Achter Auftritt.

Sittenreich, Charlotte.

Sittenreich. Wie! allein, liebste Charlotte? Wo ist meine Schwester?

Charlotte. Sie ist so eben von mir gegangen. Ich habe sie erzürnet, und es ist mir leid.

Sittenreich. Es ist unmöglich, daß sie jemand erzürnen können.

Charlotte. Sie erzählte mir eins und das andere von ihrer Lebensart, und ich war so unvorsichtig, ihr keinen Beyfall zu geben.

Sittenreich. Es ist ihrer Aufrichtigkeit und nicht ihrer Unvorsichtigkeit zuzuschreiben. Vergeben sie meiner Schwester einen Fehler, der von schlechter Erziehung her= rühret. Sie weiß es nicht besser.

Charlotte. Es hat auch nichts zu bedeuten. Ich bin es schon mit ihr gewohnt. Ich werde ihr dem ohn= geachtet, sogleich nachgehen.   Will weggehen.

[28] Sittenreich. Erlauben sie, schönste Charlotte, daß ich sie eine kleine Weile aufhalte. Es hat seine Ursachen. Sie wissen, daß ich mich nun schon Jahr und Tag um ihre Gunst bemühet habe. Sie speisen mich stets mit zweifel= hafter Hoffnung ab. Sie läugnen ihre Zuneigung nicht, und sagen doch gleichwol nicht ja. Wie lange soll ich denn in Ungewißheit leben? entdecken sie mir kürzlich die Ursachen hiervon. Zweifeln sie an meiner Aufrichtigkeit? oder misfällt ihnen meine Person? oder haben sie ihr Herz bereits anderswo verschenkt? Es scheinet gleichwol, daferne ich mich nicht so sehr schmeichele, daß keines von diesen allen ihre Einwilligung in mein, auf Tugend und Ehre gegründetes Verlangen, hindere. Sie müssen noch also ein Bedenken tragen, so mir unbekannt, und welches gleichwol ihre aufrichtige Erklärung zurück hält. Sie werden aber zu gleicher Zeit nicht unbillig finden, wenn ich mir die Entdeckung dessen, von ihnen ausbitte.

Charlotte. Ihre Forderung, mein Herr Sitten=

reich, ist ganz billig. Sie haben recht, es ist nunmehro
jährig, als sie mir ihre Zuneigung zu meiner Person ent=
deckten. Ich begieng den Fehler, ihnen Gehör zu geben;
doch hoffe ich, die allerstrengste Damen werden solchen
5 entschuldigen, wenn sie betrachten, daß ein reicher Herr,
[29] an dessen Person und Aufführung nicht das Geringste
auszusetzen ist, sich einem armen Mädgen anbot. So
bald ich Zeit hatte nachzusinnen, nahm ich mir vor,
mich ihrer und meiner Regung standhaft zu widersetzen,
10 und ihnen die Unmöglichkeit ihres Verlangens vorzustellen;
indem ich aber Gelegenheit hiezu suchte, wurde ihr Herr
Vater krank. Diese Krankheit dauerte über ein halbes
Jahr; bald war Hoffnung zu seiner Genesung, bald zu
seinem Tode. Während dieser Zeit schnitte ich ihnen
15 alle Gelegenheit ab, mit mir zu reden, denn die Wahr=
heit zu gestehen: ich wollte erst sehen, wo es mit der
Krankheit ihres Herrn Vaters hinaus wollte. Anietzo da
er völlig genesen ist, kann ich nicht umhin sie zu bitten,
daß sie ihre Liebe von mir ab, und derjenigen Person
20 zuwenden mögen, welcher ihr Herr Vater ihnen aus=
sehen wird.

Sittenreich. So höre ich wohl, schönste Char=
lotte, mein Vater ist derjenige, für welchen sie sich fürchten,
und um dessentwillen sie auch mir gehässig sind.

25 Charlotte. Dieses nicht allein. Bedenken sie nur,
daß ihr Herr Vater, so lange er lebet, nimmer in diese
Heirath willigen würde. Nach seinem Sinne will er:
Vors erste, daß seine Kinder sich in seiner Verwandschaft
verheirathen. Vors zweete, daß beyde Partheyen gleich
30 reich [30] seyn sollen. Vors dritte, daß nichts ohne sein
Vorwissen geschehe. Nun stellen sie sich vor, wie es ihnen
gehen würde, wenn ihr Herr Vater erführe, daß sie sich
auf eine ihm nicht anständige Art verheirathen wollten.
Sie kennen sein hartes und unempfindliches Herz. Er
35 würde sie ohnfehlbar enterben. Die Person, welche sie sich
erwählet, wäre sodann die Ursache ihres Unfalls; die Liebe
würde erkalten, und Noth und Verdruß würden die Früchte

einer übereilten Verbindung seyn. Ich hoffe, daß sie mit
dieser Erklärung vollkommen zufrieden seyn werden, so
bald sie die Sache auf eben die Art einzusehen belieben
werden, als ich solche bereits eingesehen habe: sogleich
werden sie auch meine Aufrichtigkeit entschuldigen. Denn   5
die Wahrheit zu sagen; ich habe mir ein Gewissen ge=
macht, ihnen das Geringste zu verhelen: und überdem,
mit Leuten von ihrer Art, kann man aufrichtig seyn, ohne
zu besorgen, daß es übel ausgeleget werde.

    Sittenreich. Ihre Aufrichtigkeit gefällt mir un=   10
gemein, und machet, daß ich sie noch weit stärker liebe.
Ihre Entschliessung aber, welche aus diesem Nachsinnen
entstehet, misfällt mir aufs äusserste: denn wenn sie mich,
so, wie ich sie, lieben; so bin ich entschlossen, auch wider
Willen meines Vaters mich mit ihnen zu verhei=[31]rathen,   15
und alles mit ihnen auszustehen, was das Schicksal über
uns verhänget hat.

    Charlotte. Hiezu wird aber erst meine Ein=
willigung gehören.

    Sittenreich. O! daran zweifele ich nicht mehr,   20
nachdem sie sich einmal so gütig erkläret haben.

    Charlotte. Verzeihen sie, mein Herr, das Exempel
einer meiner Freundinnen, welche sich auf eben die Art,
an einen jungen Herrn verheirathet, welcher deßhalben
von seinem Vater, drey Tage vor seinem Ende, enterbet   25
worden, aus Verzweifelung Kriegesdienste genommen, meine
Freundin erst in Armuth, und kurze Zeit darauf vor
Gram und Sorge ins Grab gestürzet hat, lieget mir in
gar zu frischem Andenken, als daß ich ihr so bald nach=
ahmen sollte.   30

    Sittenreich. Alle Unternehmungen haben keinen
gleichen Ausgang, und alle Menschen haben nicht einerley
Schicksal. Schönste Charlotte, haben sie guten Muth, und
entziehen mir nur ihre Gunst nicht. Das übrige wird
sich schon finden.   35

    Charlotte. Ich weiß hierauf weiter nichts zu
sagen, als: wollte der Himmel, ihr und mein Glück stünde

in meinen Händen. Jedoch der Wohlstand erfordert, daß
ich mich von hier begebe.

[32] Sittenreich. Ich werde ihnen sogleich an der
Tafel Gesellschaft leisten.

Begleitet sie bis an die Thüre.

Allein. Nun sitze ich recht zwischen zween Stühlen. Der
Charlotte habe ich meine Liebe angetragen, sie schlägt
solche nicht ab, und nimmt sie auch nicht an. Sie ist
liebenswürdig, aber zu meinem Unglücke verstehet sie vollkommen die Kunst, die Liebhaber mit guter Hoffnung aufzuhalten. Mein Freund, der Herr Ehrenwehrt, giebt mir
ganz deutlich zu verstehen, daß er seine Schwester zu meiner
Braut bestimmt. Sie ist nicht weniger liebenswürdig,
und aus einer kurzen Unterredung, so ich mit ihr gepflogen, habe ich so viel Gutes wahrgenommen, daß ich
Ursache hätte zu wünschen, die Charlotte nicht eher gekannt, und mich nicht mit ihr so weit eingelassen zu haben.
Bey dieser wird mein Vater mir auch im Wege seyn, so
wie er gerne siehet, daß ich die Carolina heirathe. Sollte
Charlotte mich auch wohl recht lieben? Sollte es nicht
Verstellung seyn? Sollte ich nicht einen Nebenbuhler
haben? . . . Nein, sie ist zu aufrichtig. Sie liebet mich,
aber gar zu vorsichtig. Ohne Vorwurf kann ich sie nicht
verlassen. Ich habe mir aber einmal fest vorgenommen,
mich von meiner Angehörigen verdrüßlichem Umgange loß
zu machen, und hiezu sehe ich ein gutes Mittel, wenn ich
die Carolina heirathe. [33] Aber wie handele ich alsdenn
bey der Charlotte? Wiewol, da sie ihre Entschliessung
so lange zurück hält; könnte sie es mir nicht gar sehr ver-
argen. Mir fällt was ein. Ich will es machen, wie die
heutigen neumodischen Freyer, die sich zwey, drey und
mehr Bräute auf einmal anschaffen. Ja, ja, daß wird
das Beste seyn. Das Glück mag den Ausschlag geben.

Gehet ab.

Ende des ersten Aufzuges.

Zweeter Aufzug.

Erster Auftritt.

Agneta. Susanna. Beyde geputzt.

Susanna. Mama, ich habe unmöglich länger an
der Tafel bleiben können. Ich weiß nicht, ob ich ver=   5
rathen oder verkauft bin.
Agneta. Wie so, meine Tochter?
Susanna. Der Fremde und mein Bruder haben
lauter Zeug gesprochen, wovon ich mein Lebtage kein Wort
gehöret habe. Sie redeten von Königen und Fürsten, die   10
alle wunderliche [34] Namen hatten; sie sprachen von Krieg
und Blutvergiessen, von Türcken und Moscowitern; her=
nach fiengen sie von Sonne, Mond und Sterne an; hernach
von Steinen, hernach vom Calender und dergleichen albern
Zeug mehr, und da waren so viele lateinische Wörter mit   15
eingemischt, daß mir übel dabey wurde. Was mich aber
am meisten verdroß, war dieses: daß die fremde Jungfer
und Charlotte allenthalben mit einredeten, und daß der
Fremde und mein Bruder sie immer lobeten. Ich glaube
auch fest, die fremde Jungfer hat sich nur so aufgeputzt.   20
Sie wird wohl eben so ein armes Mädgen seyn, als die
Charlotte ist.
Agneta. Woher schliessest du dieses?
Susanna. Ja, Mama! weil sie von allen Sachen
zu plaudern weiß, so wird sie auch sonder Zweifel viel   25
gelesen. und gelernet haben; und Mama hat mir ja immer
gesagt, daß die armen Leute viel lernen müßten, und daß
die Reichen solches nicht nöthig hätten.
Agneta. Es giebt bisweilen auch reiche Leute, die
eine Ehre darin suchen, daß ihre Kinder viele Wissen=   30
schaften besitzen. Ich halte es für die größte Thorheit,
und weiß meinen Eltern noch diese Stunde Danck, daß
sie mich mit• vielem Kopfbrechen verschonet haben. Mein
Mann ist darin, Gottlob, mit mir einerley Meinung. Aber

[35] sage mir, wie führete dein Vater sich bey dieser Plauderey auf?

Susanna. Er hat im Anfange sich alle Mühe ge=geben, mit zu sprechen. Da er merkte, daß die fremde
5 Jungfer und mein Bruder einmal über seine Reden heimlich lächelten, wurde er ganz böse; ja ich war bange, daß es nicht gut gienge; denn er fieng schon an auf meinen Bruder zu schmälen, allein der Fremde brachte ihm geschwinde die Gesundheit aller wilden Männer; ich glaube er ver=
10 stunde die Thaler, worauf wilde Männer gepräget sind, denn mein Vater wünschte sie alle zu haben, die in der Welt sind; darüber kam er auf andere Gedanken.

Agneta. Das war ein Glück. Aber wie führte sich der Fremde gegen dich auf?
15 Susanna. Sehr schlecht. Er hat mich kaum an=gesehen; und wenn er ja einmal mit mir redete, so waren seine Worte so hoch, daß ich nichts darauf zu antworten wuste. Dagegen blieb Jungfer Charlotte ihm nichts schuldig, und er hat hundertmal mehr mit ihr, als mit
20 mir geredet. Die Närrin! wenn sie Geld hätte, so glaube ich, sie unterstünde sich mich auszustechen.

Agneta. O, dafür ist dein Brautschatz Bürge. Aber wie gefällt dir sonst dein Bräutigam?

Susanna. Recht gut, ich möchte ihn gerne [36] haben.
25 Er sieht wohl aus. Er ist auch reich, wenn er nur besser Bescheid wüste.

Agneta. Dein Bruder hat ja so viel von seiner guten Lebensart gerühmet.

Susanna. Er mag nach seiner Art gut genug zu
30 leben wissen, aber hier wird er damit nicht fort kommen. Er hat mich beym Essen kein einzigesmal genöthiget, ohn=geachtet ich dichte bey ihm saß. Als ich neulich zur Hoch=zeit war, saß ein junger Mensch aus dieser Stadt bey mir, der mich auch mein Lebtage nicht gesehen hatte, der
35 nöthigte mich bey jedem Bissen! Und was Henker! ich hätte ja müssen hungerig vom Tische gehen, wenn mich niemand genöthiget hätte. Seine Schwester weiß eben so

schlecht zu leben. Sie hat immer ihren Teller rein ledig
gegessen, und hier ist gleichwol die Mode, daß man nie=
mals alles aufißt, was einem vorgeleget wird, sondern
allezeit ein Stück auf dem Teller liegen läßt: ja wenn
sie nichts mehr vor sich hatte, so langte sie selber zu und   5
nahm sich etwas. Sie schenkte sich auch bisweilen selber
ein Glas Wein ein.

Agneta. Pfuy, ist das die Lebensart, die dein
Bruder so gerühmet hat?

Susanna. Noch mehr, Mama, er hat mich nicht   10
einmal mit dem Fusse angestossen. Wenn mein Vetter
Rothbart bey mir sitzet, und es sich eben nicht schicken
will, daß wir uns oft die [37] Hände geben; so weiß er
mich so sachte mit dem Fusse anzustossen, daß michs recht
erfreuet. Ja als ich heute desfals verdrießlich wurde,   15
und um dem Fremden Gelegenheit zu geben, ihn endlich
mit meinem Fusse anstieß, so zog er seinen gar weg.

Agneta. Der Kerl ist wohl gar ein Flegel. Doch
laß dich den schlechten Anfang deiner Heirath nicht ver=
driessen, wenn darum ein Paar aus euch geworden ist: 20
so wollen wir deinem Liebsten bald unsere Weise bey=
bringen. Hat er nur erst die Anwerbung gethan, und
das Jawort erhalten; hernach soll er schon nach unserer
Pfeife tanzen. Habe ich deinen Vater allein können zu
rechte bringen: so werden wir diesen auch wohl zwingen,   25
denn unserer sind zwo. Dieser hatte auch viele üble Ge=
wohnheiten an sich, allein ich wuste sie ihm mit List bald
abzugewöhnen. Vors erste jagte ich alle seine alte Be=
diente, sie mochten so gut seyn als sie wollten, einen nach
den andern zum Hause hinaus, und schaffte mir neue   30
hinein. Vors andere hielte ich ihn mit guten Worten
von den Gesellschaften ausser Hause, worin er vor dem
gegangen war, ab. Nun hatte er noch ein paar gute
Freunde, die ihm dann und wann im Hause besuchten, diese
verläumdete ich so lange, bis er auch die abschaffte. Pferde,   35
Hunde, und alles woran er bisher Vergnügen gefunden
hatte, wuste ich ihm nach und nach so leid zu machen,

[38] daß er zuletzt niemand, als mich hatte, mit dem er
umgehen konnte. Mit Hülfe meiner Verwandten habe ich
es endlich so weit gebracht, daß er alle Gewohnheiten, so
bey uns gebräuchlich sind, angenommen hat; und nun ist
es so weit gekommen, daß ich ihm nicht rathen wollte,
etwas wider meinen Willen zu thun.

Susanna. Ja, Mama, wenn es erst so weit wäre,
so gienge das vielleicht mit mir und meinem Bräutigam
auch an, aber die Sache siehet noch verzweifelt weitläuftig aus.

Agneta. Ey, das hat nichts zu bedeuten. Es
hat mir geahnet, daß ich heute ein Glück erleben soll; und
du weist, wenn mir was ahnet, so trifft's immer ein.
Neulich ahnte mir des Morgens, daß wir Fremde kriegen
sollten. Ich machte darum eine kleine Pastete, und setzte
sie in die Speisekammer. Es kamen zwar keine Fremde,
und ihr lachtet darüber: allein, als ich des Abends nach
meiner Pastete sehen wollte, saß ordentlich eine fremde
Katze dabey, und fraß, was sie konnte; und also war
meine Ahndung doch eingetroffen. Diese Nacht hat mir
von nichts als faulen Eyern geträumet, und alle meine
Traumbücher sagen, daß dieses eine Braut im Hause be-
deute. Sey nur gutes Muths, die Sache wird sich bald
ausweisen.

[39] ## Zweeter Auftritt.

Grobian. Und die Vorigen.

Grobian. Zeit meines Lebens hat mir keine Mahlzeit so schlecht geschmecket, als die heutige. Der Henker
in der Hölle hat den Schnickschnack erdacht, den ich über
Tisch habe anhören müssen. Was Teufel gehen mich die
Sterne und die Confusion der Planeten an? Meinetwegen
mag der Türke sechs oder sieben Bürgen haben, und wenn
er einen grossen Ofen hat, so mag er auch sehen, wo er
Holz zum Einhitzen kriegt. Ich wollte, daß dem ersten,
der in meiner Gegenwart von Staatssachen redet, die

Zunge im Halse verlähmte. Zur Susanna. Du hast dich
auch aufgeführet, wie ein Beest. Läufst vom Tische, wie
die Mahlzeit halb war.

Susanna. Ey, Papa, wer konnte den Wind an=
hören? es war mir gleichfalls ärgerlich. Wenn noch einer　5
so vernünftig gewesen wäre, und hätte das Essen gelobet,
wie unsere andere Freunde thun, die hier bisweilen kommen,
oder hätte nach unserm Gesinde gefraget, oder ob unsere
Hüner gut legten, so hätte man noch mit einsprechen
können: allein von allem, was heute vorfiel, habe ich　10
kein Wort verstanden, und als mir endlich die Zeit lang
wurde, lief ich gar davon.

[40] Grobian. Da, ruf mir deinen Bruder heraus,
und bleibe so lange bey denen Fremden, und höre wohl
zu, was dein Bräutigam saget. Stelle dich nur freund=　15
lich gegen ihn, so wird er ja endlich das Maul aufthun,
und sein Gewerbe anbringen, warum er hergekommen ist.

Susanna gehet ab.

Ist das nicht ein Leben, die Hauptsache versäumen wir,
und plaudern von Dingen, die uns nicht angehen.　20
Von der Philosophie, von der Mathematischen Poesie,
vom grossen Cometen und Klipfisch am Himmel, und wie
der Quark alle heißt. Ich hätte meinem Sohne gerne
ein paar Ohrfeigen gegeben, wenn ich es nicht aus Furcht,
die Fremden möchten sich daran stossen, unterlassen hätte.　25
Zur Agneta. Nun, liebe Frau, wie stehts mit deiner Ge=
sundheit?

Agneta. Es ist ein wenig besser.

Grobian. Gottlob! Ich bin deinetwegen recht be=
sorgt gewesen. Ich gedenke aber, ich werde mich nun an　30
deine Stelle müssen ins Bett legen.

Agneta. Hast du dich denn so sehr geärgert?

Grobian. Je, das möchte den Henker nicht ver=
driessen. Der Kerl kommt da her und will meine Tochter
heirathen, und wenn es ans Klappen gehet, so fängt er　35
ein Wischewasche von Dingen an, die keinem vernünftigen
Menschen [41] etwas angehen. Mein Sohn desgleichen.

Ich habe ihm hinters Ohr gesteckt, er solle sich an die
Schwester machen, so sitzt er da und unterstützt den andern
in seiner albernen Plauderey, und haben mich zum Narren.
Wo die Schurken sich einbilden, daß sie ihre Gelehrsamkeit
5 vor mir wollen sehen lassen; so wollte ich, daß sie samt
ihrer Gelehrsamkeit im Galgen vertrockneten.
Agneta. Je, nun, lieber Mann! ärgere dich nur
nicht mehr. Es liegt blos daran, daß ich nur nicht dabey
gewesen bin. So bald ich mich ins Spiel mischen werde,
10 soll es ganz anders kommen.
Grobian. Nun, nun, mich soll denn verlangen,
was du wirst für Künste sehen lassen.
Agneta. Ey, ey, besinne dich nur, wie es uns
selber ergangen ist, als wir uns heiratheten. Mein Lebtage
15 wäre aus uns kein Paar geworden, wenn meine Mutter
nicht das Beste gethan hätte. Ja wenn die Eltern nicht
klüger wären, als die Kinder, so würde es oft toll aussehen.
Grobian. Ja, wenn ich zurück denke, so habe
ich Ursache deiner Mutter zu danken. Denn als ich nicht
20 wuste, wie ich die Sache angreifen sollte, und unsere
Heirath vor sehr weitläuftig, ja vor ungewiß ansahe, über-
rumpelte deine Mutter mich und meine Eltern, und die
Sache war richtig, ehe ichs mich versahe. Sie war gewiß
[42] eine vernünftige Frau in Puncto des Kuppelns. Es
25 ist Schade, daß sie in der Erde verfaulen soll.
Agneta. Meine Mutter hat mir die Regeln des
Kuppelns selber beygebracht, und also werde ich das Hand-
werk ja wol verstehen. Höre nur an: Wenn wir ietzo
werden Caffee trinken, so will ich mit dabey seyn; und
30 da soll es nicht fünf Minuten währen, so will ich unsere
eigene Tochter, in des Fremden Namen, um die Ehe an-
sprechen. O, wie lange ist die Mode schon gewesen, daß
die Heirathen von Seiten der Braut gesucht werden. Wenn
die Mädgen immer so lange warten sollten, bis der Bräu-
35 tigam sie selber anspricht, so würde aus mancher Heirath
in Ewigkeit nichts werden. Die Mannspersonen sind oft
blöde, da muß man ihnen zu Hülfe kommen.

Grobian. Ich wünsche dir Glück zu deinem Vor=
haben. Ich habe dich immer vor eine vernünftige Frau
gehalten, und die Wahrheit zu sagen, das Kuppeln kleidet
auch die Frau besser, als den Mann.

Dritter Auftritt.

Sittenreich und die Vorigen.

Sittenr. Was beliebet dem Herrn Vater?
[43] Grobian. Es ist dein Glück, daß du nicht ein
paar Minuten eher gekommen bist. Deine Mutter hat
mich eben besänftiget; sonst würde es toll ausgesehen
haben. Habt ihr Teufelskinder euch beredet, daß ihr mich
zum Narren haben wollt? Was vor Possen habt ihr diesen
Mittag vorgehabt? Meinet ihr, daß mit euerer Freierey
ein ganzes Jahr vergehen soll? Ich will noch heute ein
Ende darin wissen, oder das Wetter soll darein schlagen.
Sittenreich. Ja, Herr Vater, das läßt sich ja
nicht zwingen. Herr Ehrenvehrt muß ja erst meine
Schwester kennen lernen. Er wird ja nicht so hinein platzen.
Grobian. Bist du toll, oder was schadet dir?
hat er nicht so viel Vertrauen zu dir, daß er glaubet,
daß sie Geld hat?
Sittenreich. So denkt der Herr Ehrenvehrt
nicht. Es ist ihm nicht ums Geld zu thun. Er siehet
hauptsächlich aufs Gemüth.
Grobian. So ist er ein Narr, wie du bist. Was
Teufel, als ich meine Frau heirathete, war keine andere
Frage, als: Wieviel Geld ist da? Wir hatten uns wohl
von ferne gesehen, aber niemals gesprochen. Ihre und
meine Eltern kamen zusammen, und wir hatten ein jeder
einen Ring mitgebracht. Die Eltern führten [44] das
Wort und wir vertauschten die Ringe, ohne das Geringste
zu sprechen. Ja ich erinnere mich, daß unsere Verwandte
uns brav vexirten, da wir so gar denselben ganzen Abend
nicht mit einander sprachen. Dem ohngeachtet sind wir
nachhero bekannt genug geworden, und da war mehr als

zu viel Zeit, dasjenige mit einander zu sprechen, was
wir uns zu sagen hatten. Und Trotz sey dem geboten,
der auf unsere Lebensart was zu sagen hat. Die Ehen
werden im Himmel gemacht. Aber ihr junge Narren
5 wollet alles vorher untersuchen. Darüber gehet manche
schöne Heirath zurück.

Sittenreich. Aber Herr Vater, woher kommen
denn die unglücklichen Ehen? Ich sollte meinen, aus Un=
gleichheit der Gemüther.

10 Grobian. Halts Maul. Ich habe dir schon oft
gesagt, du sollst nicht raisoniren. Wenn Geld und Geld
zusammen kommt, das giebt die besten Ehen. Die Ge=
müther sind eine Nebensache. Aber sage mir, hast du
auf Universitäten auch gelernet, daß der Sohn dem Vater
15 gehorsam seyn soll?

Sittenreich. O, das verstehet sich, in billigen Dingen.

Grobian. So will ich, daß du noch heute des
Herrn Ehrenwehrts Schwester um die Ehe ansprichst.

[45] Sittenreich. Herr Vater, ich habe keine Lust zum
20 Heirathen. Ich finde mehr Vergnügen am ledigen Stande.

Grobian. Vergnügen hin, Vergnügen her. Ich
befehle es dir, und deine Mutter will es auch.

Agneta. Ja, lieber Sohn, wenn ihr wünscht, daß
es euch wohl gehen soll; so thut eurer Eltern Willen.
25 Ihr kriegt ja alles, was ihr verlangen könnet. Eure Braut
ist, wie ich höre, schön und reich.

Sittenreich. Wenn der Herr Vater und die Frau
Mutter so hart darauf dringen, so will ich mein Heil
versuchen. Wie aber, wenn sie mir eine abschlägige
30 Antwort giebt?

Agneta. O, dafür laßt mich sorgen. Ich will
sogleich Caffee mit euch trinken, und da sollt ihr sehen,
wie ich das Wort für euch führen will. (Gehet ab.

Grobian. Ich muß doch gewiß ein gedoppelt
35 rechtschaffener Mann seyn: weil der Himmel mir auf
einmal ein gedoppeltes Glück bescheret. Nun, du hast
studiret, lege mir das einmal aus.

Sittenreich. Der Herr Vater ist reich und ...
Grobian. Heraus damit.
Sittenreich. Reich und gei ...
[46] Grobian. Willt du es sagen oder nicht?
Sittenreich. Reich und sparsam.   5
Grobian. Gelt, du bist nach gerade mit mir einerley
Meinung, daß nichts mehr Vergnügen bringet, als wenn
man viel Geld hat, und täglich was dazu erobert.
Sittenreich. Ja, wenns mit gutem Gewissen ge-
schiehet.   10
Grobian. Was ist das vor ein Ding, das Gewissen?
Sittenreich. Das Gewissen überhaupt ist eine beständige Erinnerung des Guten und Bösen, so wir ver-
richtet haben: und einem Wucherer, wovon hier die Rede
ist, wird es fleißig vorhalten, ob er erlaubte oder un- 15
erlaubte Zinsen von seinem Gelde genommen hat. In dem
ersten Falle heißt es ein gutes, und in dem zweeten ein
böses Gewissen.
Grobian. O, so habe ich ein gutes Gewissen, denn
ich habe mein Lebtage nicht über 10 pro Cento auf Pfand 20
genommen. Wenn man einmal minderjährigen, oder andern
Leuten, die in Noth sind, hundert Rthlr. vorschiebt, und
läßt sich hundert Ducaten dafür verschreiben, das kann
nicht gerechnet werden, denn solches sind ausserordentliche
Zufälle, und kommen, leider! sehr selten vor. Doch wieder 25
auf unsere vorige Materie zu kommen: sollte es dem Herrn
Ehren- [47] wehrt wohl ein rechter Ernst um deine Schwester
seyn? Ich will ja nimmer hoffen, daß du mir was weiß
gemacht hast. Ich hienge dich auf, und mich dabey.
Sittenreich. Ey, Herr Vater, was sind das für 30
argwöhnische Gedanken. Was hätte ich denn vor Ursache,
dem Herrn Vater was weiß zu machen?
Grobian. Vielleicht deine Freunde dann und wann
zu Gaste zu bitten, und mir auf die Weise das Geld
aus dem Beutel zu veriren.   35
Sittenreich. Das wäre eine schlechte Sache. Es
verlohnet sich wol der Mühe, von einer Mahlzeit zu

reden. Wenn es nichts anders gewesen wäre, so hätte ich
es dem Herrn Vater gesagt. Er hätte meinen alten Be=
kannten doch wol ein paar Mal zum Essen genöthiget.
Grobian. Das hätte ich wohl bleiben lassen.
5 Meinest du, daß Mahlzeiten kein Geld kosten? Ist mir
nicht diesen Mittag eine ganze Bouteille Wein darauf ge=
gangen? Und kurz von der Sache zu reden: Wenn du
mich die Wahrheit gesaget hast, so will auch noch heute
ein Ende darin wissen, oder . . .

10 [48]   **Vierter Auftritt.**

Gutherz und die Vorigen.

Gutherz. Lieber Schwager, ich freue mich, daß ich
sie noch bey guter Gesundheit sehe.
Grobian. Nun, das gestehe ich! Ich dachte, sie
15 wären mir ganz böse: Haben sie nicht wider meiner Frau
gesagt: Ich hätte sie beleidigt? Wie ist es denn möglich,
daß sie zu mir kommen, da sie kaum merken, daß ich Lust
habe, mich mit ihnen zu vertragen?
Gutherz. Ich habe gehöret, daß sie diesen Morgen
20 in meinem Hause gewesen sind.
Grobian. Ha, ha, da kommts her. Ihnen ist
mit der Ehre gedienet.
Gutherz. Keinesweges.
Grobian. Meinen andern Schwägern soll es auch
25 so gut nicht werden, kommen sie nicht erst zu mir: ein
Schelm, der sich mit ihnen verträgt.
Gutherz. Ich glaube, sie haben ihnen eben so viel
zu leide gethan, als ich.
Grobian. Das thut zur Sache nichts. Ich bin
30 der Reichste unter ihnen, und also gebühret mir auch die
größte Ehre.
Gutherz. Das ist eine schlechte Folge. Doch be=
gnüge ich mich damit, wenn sie mir das Zeug=[49]niß
geben, daß ich mich jederzeit gegen sie als ein rechtschaffener
35 Freund bewiesen habe.

Grobian. Ich habe keine andere Ursache, als sie
für meinen liebsten Schwager zu halten, und werde es
auch künftig thun, wenn sie mir nur noch diesmal einen
Gefallen erweisen wollen.

Gutherz. Von Herzen gerne: sagen sie mir nur,   5
worin der Dienst bestehen soll.

Grobian. Der junge Ehrenwehrt von Leipzig und
seine Schwester sind hier gekommen. Mein Sohn hat mir
gesagt, daß es blos darum geschehen ist, weil er meine
Tochter heirathen will; und ich bin nicht allein Willens, 10
ihm meine Tochter zu geben; sondern ich sähe auch gerne,
daß mein Sohn seine Schwester heirathete. Denken sie,
welch eine vortrefliche Sache wäre das! Ihr Vater hat
ihnen vier Tonnen Goldes hinterlassen.

Gutherz. Herr Ehrenwehrt aus Leipzig will ihre 15
Tochter heirathen? Ich habe viel Gutes von ihm gehöret.
Ey, beschreiben sie mir einmal seine Aufführung. Wie ge=
fällt er ihnen?

Grobian. Er ist mit einem Worte ein Narr, er
hat studieret.   20

Gutherz. Wollen sie denn ihre Tochter einem
Narren geben?

Grobian. Er ist ein reicher Narr. Wäre [50] er
ein armer, so möchte er wieder hingehen, wo er herge=
kommen ist.   25

Gutherz. So, so. Aber hat er denn ihre Tochter
schon angesprochen, und will er ihrem Sohne seine Schwester
geben?

Grobian. Das ist es eben, worin sie uns be=
hülflich seyn sollen. Die Sache siehet sonst noch weit= 30
läuftig aus. Sie haben diesen Mittag mit uns gespeiset,
und da ist nichts vorgefallen. Sie kennen mich. Mir ist
nichts verdrießlicher, als das lange Zaudern, zumal wenn
es einem Unkosten verursachet. Da haben sie mir schon
den ganzen Tag auf die Küche gelegen, und mir würde 35
ein schlechter Gefallen geschehen, wenn dieses oft kommen
sollte.

Gutherz. Zum Sittenreich. Was sagen sie denn
dazu, mein Vetter? Sollte Herr Ehrenwehrt ihnen wohl
seine Schwester geben, und die ihrige dagegen heirathen?
Sittenreich. Daß er in der Absicht hieher ge-
5 kommen ist, um sie zu sehen, das kann ich ihnen ver-
sichern: ob sie ihm aber anstehe und ob er sie heirathen
wird, desgleichen, ob seine Schwester mich liebet, das alles
sind Dinge, welche der Erfolg lehren wird. Der Herr
Vater ist ein bißgen allzueilig.
10   Grobian. Und du bist eine alte Hure. Was Teufel,
hier sind ja Umstände, wo es keiner [51] Weitläuftigkeit bedarf. Ihr habt alle vier Geld. Ist das nicht genug?
Hören sie, lieber Schwager, ich verlasse mich auf sie. Sie
sind ein vernünftiger Mann, sie werdens so machen, daß
15 ich noch heute ein Ende darin sehe.   Gehet ab.
     Gutherz. Lieber Vetter, nachdem sie mich vor
einiger Zeit zum Vertrauten ihrer Geheimnisse in Ansehung
des Liebesverständnisses mit der Jungfer Charlotte gemacht
haben: so habe ich nicht ermangelt, solche theils bey mir
20 zu überlegen, theils auch bey der Jungfer Charlotte mich
selber zu erkundigen, wie sie gegen ihnen gesinnet sey. Um
ihnen nur also mit kurzem meine Meinung zu eröffnen;
so wissen sie: daß ich sie gleich vor dem Eintritt in diesen
Saal gesprochen, und aus ihren Reden so viel vernommen
25 habe, daß sie ohne Einwilligung ihres Herrn Vaters sich
nicht entschliessen will, in ihren Antrag zu willigen. Wenn
nun des Herrn Ehrenwehrts Jungfer Schwester ihren
Augen so wohl gefiele, als die Jungfer Charlotte: so
wäre mein Rath, ihr Glück bey dieser zu versuchen. Ihre
80 Hauptabsicht ist doch nur, sich des verdrießlichen Umganges
ihrer Angehörigen zu entziehen. Und da die Jungfer
Charlotte sie schon so lange aufgehalten hat, so sind sie
gar nicht an sie gebunden. Gesetzt auch, sie schmeichelten
sich mit der Hoffnung, daß sie dieselbe endlich überredeten,
35 wiewol es nicht [52] unmöglich wäre: So stellen sie sich
dagegen die Schwürigkeiten vor, ihres Herrn Vaters Einwilligung zu erhalten. Ich bekenne in diesem Stücke mein

Unvermögen. Ueberlegen sie es kürzlich. Erwägen sie aber
hauptsächlich, daß sie nicht alle Tage eine so schöne Ge=
legenheit haben, ihren Zweck zu erreichen.

Sittenreich. Lieber Herr Oheim, ich habe die Sache
bereits auf eben die Art überleget; ich habe auch schon	5
dieselbe Entschliessung gefasset, und nur gewartet, daß sie
durch ihren allezeit treuen Rath mich darin stärken möchten.
Ja, ich will der Carolina mein Herz anbieten, und hoffe
glücklich zu seyn. Sie hat eben so viel reizendes, als die
Charlotte, und ihr Besitz wird mir durch die Einwilligung	10
meines Vaters leicht gemacht. Nur fürchte ich, daß Char=
lotte mich einer Untreue beschuldigen möchte, und also er=
achte vorher nothwendig zu seyn, ihr mein Vorhaben zu
eröffnen.

Gutherz. Nein, das finde ich nicht rathsam. Ich	15
will es schon bey ihr verantworten, und hernach mich auch
ihrer annehmen.

Sittenreich. Ich nehme ihren guten Rath denn
als einen Befehl an.

[53]		**Fünfter Auftritt.**		20

Agneta und die Vorigen.

Agneta. Guten Tag, mein lieber Bruder! Es ist
mir lieb euch wohl zu sehen. Woher hat man das Glück?

Gutherz. Es ist ein Glück, welches ihr so oft haben
könnet, als ihr es verlanget, liebe Schwester.	25

Agneta. O, ihr seyd immer höhnisch.

Gutherz. Ey, versteht mich doch einmal.

Agneta. Ey, was verstehen? Alle Leute können
nicht so viel verstehen, als ihr.

Gutherz. Wer den Verstand hätte, der uns beyden	30
fehlet, der hätte mehr als wir.

Agneta. Ich habe Verstand genug. Wenn ich meinem
Mann gefalle, so bin ich zufrieden. Aber wenn ihr hieher
kommt, so ist immer genug über mich zu klagen.

Gutherz. Ich habe dann und wann von der schlechten	35

Kinderzucht gesprochen, dazu hat mich mein Gewissen ver=
bunden: denn hievon entstehet alles Böse, was in der
Welt ist.

Agneta. Ich habe bey der Erziehung meiner Tochter
5 keinen Hofmeister nöthig gehabt. Sie kann so viele Ge=
richte kochen, als Tage in [54] der Woche sind, und ich
und mein Mann essen, Jahr aus Jahr ein, immer einerley;
das wird sich mein künftiger Schwiegersohn auch gefallen
lassen. Sie kann stricken und nähen. Sie singet Vor=
10 und Nachmittage mit mir ein Lied. Sie liebet die Ein=
samkeit, und geht lieber mit geringen Leuten um, als in
grossen vornehmen Gesellschaften. Sie spielet nicht um
Geld; sondern irgend um einen Kuß oder so was. Sie
trinkt nicht, ausser dann und wann ein Glas Branntwein,
15 um den Wein zu ersparen. Wie soll ein Frauenzimmer
besser beschaffen seyn?

Gutherz. Es ist zu späte ietzo davon zu reden.
Die Früchte dieser Erziehung werden sich künftig zeigen.
Ich bin überdem aus keiner andern Absicht hergekommen,
20 als unsere Freundschaft zu erneuern, und euch zu dem
Vorhaben, eure Kinder zu versorgen, Glück zu wünschen.

Agneta. Da seht ihrs nun, daß meine Tochter
gleichwol einen Mann kriegt, ohngeachtet sie so schlecht er=
zogen ist.

25 Gutherz. Ist es denn damit genug, daß sie einen
Mann kriegt? Daran habe ich niemals gezweifelt.

Agneta. Ja was hat das Frauenzimmer weiter vor
Glück in der Welt zu erwarten, als einen Mann zu kriegen?
[55] Gutherz. Bleibet nur bey euren Meinungen. Ich
30 werde doch nicht vermögend seyn, euch des Gegentheils zu
überführen.

Agneta. Das will ich auch. Es ist mir bishero
gut dabey gegangen, ich werde auch ferner wohl dabey
fahren. Zum Sittenreich. Ach denkt doch, mein Sohn, welch
35 ein Unglück! Ich habe zu meiner alten Muhme geschickt,
und fragen lassen, wie man sich verhalten müsse, wenn
Sohn und Tochter in einem Hause zu gleicher Zeit ver=

sprochen sind. Da kriege ich zur Antwort: In einigen
achzig Jahren wäre dergleichen Exempel ihres Wissens
nicht vorgekommen. Nun weiß ich mich bey niemand anders
Raths zu erholen. Denn dies ist die einige Frau, die
das Herkommen und den Schlendrian recht aus dem Grunde   5
verstehet. O, was müssen Eltern um ihrer Kinder willen
nicht manche Sorgenvolle Stunde haben!

Sittenreich. Ey, Frau Mutter, wir wollens machen,
so gut wir können.

Agneta. Ey, wir wollen uns auslachen lassen?   10

Sittenreich. Wer fraget nach närrischer Leute Ge=
lächter?

Agneta. Ich war neulich auf einen Besuch einer
Kindbetterin, da waren die klügste und vornehmste Frauen
von der ganzen Stadt, die hat= [56] ten über funfzig Fehler   15
angemerket, die sich bey allerhand Freuden= und Trauer=
fällen zugetragen hatten. Solte ich auch so über ihre
Zunge springen? ich müßte mich wahrhaftig todt schämen.

Gutherz. Ja, ja, in den Wochenstuben ist der
Sitz der Weisheit.   20

Agneta. Das geht euch schon wieder nichts an.
Genug, ich will so lange nachfragen, bis ich weiß, was
das alte Herkommen in diesem Stücke erfordert. Ein
anderer kann thun, was er will.

Sechster Auftritt.   25

Ehrenwehrt, Carolina, die Vorigen.

Sittenreich. Zum Gutherz. Lieber Oheim, da ist
der Herr Ehrenwehrt und seine Jungfer Schwester. Zum
Ehrenwehrt. Lieber Bruder, das ist meine Mutter, und das
ist der Herr Gutherz, mein Oheim.   30

Ehrenwehrt. Ich schätze mich glücklich, sie kennen
zu lernen.

Agneta. Neigt sich. Ich bedanke mich.

Carolina. Ich erfreue mich gleichfals, mit ihnen
bekannt zu werden.   35

Agneta. Ich bedanke mich.

Ehrenwehrt. Wir beklagen, daß wir ihrer Ge=
sellschaft bey der Tafel haben entbehren müssen.

[57] Agneta. Ich bedanke mich.

5 Carolina. Man sagte uns, daß sie unpäßlich wären,
und es soll mir lieb seyn zu hören, daß es sich gebessert.

Agneta. Ich bedanke mich.

Ehrenwehrt. Wir bedauren inzwischen, daß wir
Ungelegenheit verursachet haben, doch es ist auf Befehl
10 des Herrn Liebsten geschehen.

Agneta. Ich bedanke mich.

Carolina. Wir haben die Güte zu rühmen, so uns
dero Herr Liebster erwiesen.

Agneta. Ich bedanke mich.

15 Ehrenwehrt. Die Bekanntschaft mit dem Herrn
Sohne, so ich zu Leipzig erhalten, hat mich begierig ge=
macht, auch dessen wehrte Angehörige zu kennen.

Agneta. Ich bedanke mich.

Carolina. Sie haben ein überaus wohleingerich=
20 tetes Haus.

Agneta. Ich bedanke mich. Ich bitte gleichwol
nicht übel zu deuten, daß es so unrein aussiehet, und daß
die Vorhänge abgenommen sind. Wir haben mit der
Wäsche zu thun.

25 Ehrenwehrt. O, das haben wir nicht einmal be=
merket. Der Umgang mit wackern Leuten ist alles, was
wir suchen.

Gutherz. So ist ihnen die heutige Tischgesellschaft,
ohne Zweifel, sehr angenehm gewesen?

30 [58] Ehrenwehrt. O ja, wenn man einen alten Be=
kannten zum erstenmale wieder siehet, und ein artiges
Frauenzimmer zugleich antrifft, da kann es nicht anders seyn.

Agneta. Mein Herr, sie müssen sich in Hamburg
verheirathen, weil ihnen unser Frauenzimmer so wohl
35 gefällt.

Ehrenwehrt. Ich höre, es werden hier viele
Umstände dazu erfordert.

Agneta. Ach nein; wenn ich zum Exempel meine
Tochter verheirathen sollte, dazu würde nicht viel Weit=
läuftigkeit gehören. Ihre ganze Aussteuer ist fertig. Ich
gebe ihr von jedem Stücke sechs Dutzend mit, und am
baaren Gelde, 20 000. Rthlr. Das ist fürwahr keine 5
schlechte Parthie. Und wenn ein braver Mann käme,
der uns gefiele; so sollte er noch heute das Jawort haben.
Ehrenwehrt. Das Glück wollte ich wohl einem
Menschen gönnen, der ihrer wehrt wäre.
Agneta. Ach ja, mein Herr, wenn sie etwa einen 10
guten Bräutigam für sie wissen; so will ich bitten, uns
solchen vorzuschlagen.
Ehrenwehrt. O, da wird sich leicht einer finden.
Ich will mich nur ein wenig besinnen.
Agneta. Vor ihre Ehrlichkeit stehe ich ein. Hier 15
kommt keine fremde Mannsperson ins [59] Haus, ausser
ein Paar von unserer Freundschaft, und von denen ich
nichts zu befürchten habe.
Ehrenwehrt. Ey, solche Gedanken muß man sich
nicht in den Kopf setzen. Das Vertrauen zu einer wohl= 20
erzogenen Tochter muß stärker seyn, als die Furcht für
alle Mannspersonen in der Welt.
Agneta. Ja, ja, aber Gelegenheit macht doch Diebe.
Ich weiß, was ich in meiner Jugend für Anfechtung ge=
habt habe. Und wenn ich von meiner Tochter Ehre, Rede 25
und Antwort geben soll, so muß ich sie selbst hüten.
Dieses habe ich auch so viel möglich gethan. Wenn ich
sie aber unumgänglich aus den Augen habe lassen müssen;
so habe ich ihr eine alte Amme zur Aufseherin bestellet.
Dieses Mensch ist mir so getreu, daß sie eher ihr Leben 30
liesse, als zugäbe, daß einer meine Tochter nur an=
rührete.
Ehrenwehrt. Auf diese Weise ist sie in guten
Händen gewesen.
Agneta. O ja, die gute Amme ist in ihrer Jugend 35
selbst . . . betrogen worden, und also kann sie aus der
Erfahrung warnen.

Ehrenwehrt. Die Eltern sind glücklich, welche
Freude an ihren Kindern erleben.

Agneta. Meine Tochter hat sich von Jugend auf
bemühet, mir ähnlich zu werden. Das ist alles, was
5 man mit Recht von Kindern fo= [60] dern kann, und ich
versichere ihnen, sie ist gar nicht aus der Art geschlagen.
Der Verstand aber kommt nicht vor den Jahren; und das
Gute, so sie noch nicht von mir angenommen hat, wird
sie gewiß mit der Zeit kriegen.
10   Ehrenwehrt. O, so wird sie vollkommen so werden,
als ihre Mutter ist.

Agneta. Ich bedanke mich.

Ehrenwehrt. Zur Carolina. Liebe Schwester, ver=
weilet ein wenig hier, und höret, was die Frau Agneta
15 euch vor gute Lehren giebt, ich will nur ein paar Worte
mit Herrn Sittenreich allein reden.

Gutherz. Ich werde sie begleiten, denn ich habe
ihnen beyden etwas zu sagen.

     Ehrenwehrt, Sittenreich und Gutherz gehen ab.
20   Agneta. Nun meine liebe Jungfer Carolina, wie
gefällt es ihnen in unserer Stadt?

Carolina. Ich kann noch nicht viel davon sagen.
Ich bin eine sehr kurze Zeit hier.

Agneta. Aber wie gefällt es ihnen denn in meinem
25 Hause?

Carolina. Was ich bishero gesehen, gefällt mir
sehr wohl.

Agneta. Sie werden einen grossen Unterscheid
finden, wenn sie erst zu andern Leuten kommen werden.
30 In unserm Hause gehet alles ganz ordentlich zu. Solten
sie nur in un= [61] sers Nachbarn Haus kommen; sie wür=
den eine Lebensart finden, daß sie sich wundern müsten.
Fremde Leute kommen da mehr, als Verwandte; in unserm
Hause darf kein Fremder riechen. Hunderterley Essen
35 wird da gekocht, wovon wir unser Lebtage nicht einmal
den Namen gehöret haben. Da wird der beste Wein ge=
trunken, wenn wir uns mit Bier vergnügen. Da sind

die neuesten Moden von Kleidungen. Wenn wir einmal
zur Hochzeit oder auf eine Gasterey gehen; so borgen wir
den Schmuck von den Galanteriehändlern, unter dem Vor=
wande, als wollten wir ihn kaufen, schicken ihn aber des
andern Tages wieder hin, und lassen sagen: er hätte uns   5
nicht angestanden. Uns darf niemand was übel nehmen,
denn wir sind reiche Leute. Wenn wir nun des Abends
gewöhnlichermassen um neun Uhr, um das Licht zu ersparen,
zu Bette gehen; so sitzen sie noch ein paar Stunde und
lachen. In unserm Hause wird gar nicht gelacht. Wenn   10
vor den Armen gesammlet wird, geben wir einen Sechs=
ling, und sie einen Gulden. Mein Mann kann sich nicht
genug darüber verwundern. Er hat vor zehn Jahren
schon prophezeyet, daß diese Leute zum Thore hinaus
gehen würden; sie leben aber noch auf eine Weise, und   15
bleiben doch im Lande.

[62] Carolina. Ohne Zweifel werden die Leute sehr
reich seyn.

Agneta. O nein! Sowohl der Mann als die Frau
haben wenig Vermögen gehabt, als sie sich geheirathet   20
haben; und dieses verdriesset eben meinem Manne, daß
er von seinem grossen Gelde das nicht thun kann, was
diese Leute von ihrem mittelmäßigen Vermögen thun.

Carolina. So werden sie ihre Kinder sonder
Zweifel auch wohl erziehen?   25

Agneta. Sie haben nur eine Tochter, der halten
sie wohl ein halb Dutzend Lehrmeister. Mein Mann hat
ausgerechnet, wenn man jährlich hundert Reichsthaler an
einem Kinde ersparet, daß solches in einer Zeit von zwölf
Jahren, nebst der Zinse, die er mit diesem Gelde erwerben   30
kann, wenigstens dreytausend Reichsthaler betrüge. Wenn
man die zum Brautschatze legt, ist das nicht besser als
alle Wissenschaften?

Carolina. Ja, ja, mit Geld kann man vieles
ausrichten, aber Geld und gute Erziehung kann auch wohl   35
beysammen stehen.

Agneta. In unserer Verwandschaft werden alle

Töchter nach einer Weise erzogen. Und denken sie nur,
wenn wir zusammen kämen, und ein Mädgen wollte es
dem andern in der Lebensart zuvor thun; würde es nicht
hundert Stichelreden, ja gar eine ewige Feindschaft setzen?
5 [63] Carolina. Hievon zu urtheilen, bin ich zu un-
geschickt.
Agneta. Wenn man sich in allen Fällen nach
seinen Verwandten richtet, das träget viel zum Haus-
frieden bey. Man hat einerley Ordnung, einerley Ge-
10 wohnheit, einerley Lebensart. Wir halten so streng darüber, daß wir unter uns verabredet, keinen Fremden in
unsere Gesellschaft zu bringen. Wer Henker wollte sich
alle Augenblicke auslachen lassen? Es kommen so viele
neue Redensarten, so viele neue Moden bey Tische und
15 andern Gelegenheiten vor, daß man bis an sein Ende
lernen müste. Wozu soll die Unglegenheit? Wenn man
bleibt, wie man ist, so darf man sich den Kopf nicht
zerbrechen.
Carolina. Ganz recht.
20 Agneta. Ueberdem sagt mein Mann immer, daß
man von Fremden die Verschwendung lernet; und wenn
wir allein sind, so reden wir von nichts, als von der
Sparsamkeit.
Carolina. Solche reiche Leute, wie sie sind, haben
25 ja nicht nöthig, sich unnöthige Sorgen zu machen. Was
sollen denn die Armen thun?
Agneta. Ey, sagen sie das nicht. Es läßt sich
ein Königreich verzehren. Mein Mann spricht immer
von schlechten Zeiten. Er hat das letzte Jahr 50. Reichs-
30 thaler weniger eingenommen, als das vorige; die habe
ich müssen in der Haushal-[64]tung ersparen, kostet das
kein Kopfbrechen? Der Himmel gebe meinem Sohne
eine Frau, die es mit ihm so redlich meinet, als ich mit
meinem Manne; so wird es ihm fest wohlgehen. Denn
35 das ist schon bey meinen Voreltern ein Sprichwort gewesen: Daß der reichste Mann verarmen muß, wenn ihm
die Frau nicht sparen hilft. Und, die Wahrheit zu ge-

stehen, mein Sohn ist eben nicht der Sparsamste. O
Himmel! sollte ich das Unglück erleben, daß mein Sohn
verarmete, ich thäte mir zu nahe. Fängt an zu weinen.

Carolina. Ey, wie kann ihnen solches einfallen?

Agneta. Ja, ja, das ist meine größte Sorge, 5
von meinem Wochenbette an bis hieher gewesen, daß
meine Kinder nicht an den Bettelstab gerathen möchten.

Carolina. Das wäre ganz gewiß ein grosses Un=
glück, wenn es sich zutragen sollte. Allein von einer
solchen Vermuthung ist ja nicht die allergeringste Wahr= 10
scheinlichkeit, und also thut man unbillig, wenn man durch
dergleichen Vorstellung sich niederschlägt, an statt daß man
sich, um seiner eigenen Gesundheit willen, aufmuntern und
das Leben versüssen soll.

Agneta. Ja, ja, wer beständig mit solchen ernst= 15
haften Gedanken umgehet, als mein Mann und ich, dem
soll die Süßigkeit des Lebens und die Aufmunterung wohl
vergehen; und es wäre [65] zu wünschen, daß alle Leute
so für ihre Wohlfahrt sorgen möchten, als wie wir, so
würden wir nicht so viele traurige Exempel haben. 20

Carolina. Daß man für seine Erhaltung Sorge
trägt, ist billig; aber diese Sorge muß sich nicht so weit
erstrecken, daß man darüber krank oder mißvergnügt wird.
Denn das Vergnügen und die Gesundheit sind doch nicht
mit Gelde zu bezahlen. 25

Siebenter Auftritt.

Sittenreich, und die Vorigen.

Agneta. Mein Sohn ich habe eurentwegen schon
Thränen vergossen.

Sittenreich. Ich danke der Frau Mutter für alle 30
Liebe, die sie mir erweiset; ich beklage aber, wenn meine
Aufführung hiezu Anlaß gegeben.

Carolina. Ihrer Frau Mutter ist bange, daß sie
eine Frau kriegen, welche sie an den Bettelstab bringet.

Sittenreich. Ey, Frau Mutter, was ist das für 35

eine Sorge? Wenn der Himmel einfiele, das wäre ein
Unglück.

Agneta. Spottet nur, die Zeit wird kommen, da
ihr an mich gedenket.

[66] Sittenreich. Ich werde Zeit Lebens an die Frau
Mutter gedenken, aber nicht an diesen Einfall.

Agneta. Ich muß erst recht ausweinen, alsdenn
hoffe ich sie wieder zu sehen.   Geht weinend ab.

Sittenreich. Meine Mutter so wohl als mein Vater,
haben eine ganz ausserordentliche Geschicklichkeit sich selber
zu quälen. O, wie bin ich ihrer Gesellschaft überdrüßig!
Ich habe schon oft mir einen eigenen Heerd gewünschet,
um mein Brodt in Ruhe und Frieden zu verzehren; allein
ich habe solchen nicht finden können. Schönste Carolina!
sollte sich anietzo wohl Gelegenheit dazu zeigen? Ich
glaube, der Himmel hat sie hergesandt, mich von diesem
verdrießlichen Umgange zu befreyen.

Carolina. Ich wüste nicht wie dieses zugehen
sollte. Kann ich aber zu ihrem Vergnügen etwas bey=
tragen: so versichere ich ihnen, daß solches gerne ge=
schiehet.

Sittenreich. Mein einziges Vergnügen, meine Be=
freyung von einem verdrießlichen Umgange, mein Leben,
ja meine ganze Wohlfahrt beruhet in dem Besitz ihrer
werthen Person.

Carolina. Ich habe mich nach meiner Eltern
Tode gänzlich der Aufsicht meines Bruders übergeben, und
bin also auch entschlossen, keinen andern Liebsten zu wählen,
als welchen er mir [67] vorschlagen wird. Sollte inzwischen
seine Wahl auf sie fallen; so versichere ich ihnen für mein
Theil, daß ich an ihrer Person nicht das geringste aus=
zusetzen weiß.

Sittenreich. Ich bin mit dieser Erklärung vollkommen zufrieden, und um dero Herrn Bruders Aus=
spruch zu hören, wollen wir uns so gleich zu ihm be=
geben.

Carolina. Da kommt er so eben her.

Achter Auftritt.

Ehrenwehrt, und die Vorigen.

Sittenr. Der Herr Bruder kommt zu rechter Zeit, um in einer Sache den Ausspruch zu thun, woran meine ganze Wohlfahrt hänget.

Ehrenwehrt. Ich bin begierig dieselbe zu hören.

Sittenreich. Ich liebe dero Jungfer Schwester, und habe sie so eben um ihre Gegenliebe ersuchet. Sie verwieß mich an den Herrn Bruder, um statt ihrer, von demselben eine Antwort auf meinen Vortrag zu be= 10 kommen.

Ehrenwehrt. Die Sache ist von solcher Wichtig= keit, daß ich nicht so gleich darauf antworten kann. Ich will sie einen Augenblick ver=[68]lassen, um es bey mir zu überlegen. Es soll nicht lange währen; so will ich wieder 15 bey ihnen seyn.

Gehet ab.

Sittenreich. Bey Seite. Wie soll ich das verstehen? Er hat mir zu dieser Liebe anfangs selber Gelegenheit gegeben, und nun scheinet es, als ob er Schwürigkeiten 20 machen wollte?

Carolina. Wie so tiefsinnig, Herr Sittenreich?

Sittenreich. In Wahrheit, ihres Herrn Bruders Bezeigen macht mich ganz verwirret. Ich dachte, bey einem solchen Herzensfreunde könnte man keine Fehlbitte 25 thun, und nun erfahre ich das Gegentheil. Ja ich fürchte, er möchte mir gar eine abschlägige Antwort geben, und alsdenn würde ich bereuen, daß ich es auf seinen Aus= spruch ankommen lassen.

Carolina. Mein Bruder wird ganz wichtige Ur= 30 sachen haben, daß er seinen Ausspruch verzögert. Ich kenne ihn. Er ist nicht gewohnt, in wichtigen Dingen zu scherzen, vielweniger seine Freunde zu hintergehen. Doch da kommt er, um uns aus dem Traume zu helfen.

[69]						**Neunter Auftritt.**

Ehrenwehrt. Charlotte, und die Vorigen.

Ehrenw. Hier bringe ich eine Person, welche in ihrer Sache den besten Ausspruch geben kann. Was
5 sagen sie, schönste Charlotte! Herr Sittenreich verlanget meine Schwester. Kann ich sie ihm mit gutem Gewissen geben?

Charlotte. Zum Sittenreich. Ungetreuer, ist es erlaubt sein Herz mehr als einmal zu verschenken?

10 **Carolina.** Ey, mein Herr, das hätte ich mir von einem Menschen, den mir mein Bruder so vortheilhaft beschrieben, nicht vorgestellet. Der Himmel bewahre mich für einen unbeständigen Liebsten.

Charlotte. Und mich für einen solchen, der mit
15 Schwüren und Eiden scherzet.

Sittenreich. O Himmel! in was für Umstände bin ich gerathen?

Carolina. Wie glücklich bin ich, daß ich ihre Wankelmuth bey Zeiten kennen lernen. Jungfer Charlotte,
20 ich begehre ihr nicht ihren Liebsten abspenstig zu machen.

Charlotte. Ich mag keinen Liebsten, welcher in so kurzer Zeit auf andere Gedanken kann gebracht werden.
[70] **Sittenreich.** Ich bin verlohren.

Ehrenwehrt. Ich sehe wohl, ich muß der Schieds-
25 mann seyn. Zum Sittenreich. Herr Bruder, dieser Streich kommt von mir, doch Gedult! Ich habe der Jungfer Charlotte mein Herz angetragen, erfuhr aber, daß der Herr Bruder einige Anforderung an dem ihrigen habe; und daß sie ohne Zurückziehung derselben mir solches nicht schenken
30 könne. Da mir nun der Herr Bruder durch den Anspruch um meine Schwester selbst Gelegenheit an die Hand gab, konnte ich nicht umhin, mich solcher zu bedienen. Der Herr Bruder werde darum nicht böse. Vielleicht mache ich es wieder gut.

35 **Sittenreich.** In Wahrheit, Herr Bruder, der Streich war ein bißgen schlimm. Was inzwischen meine

Absicht auf die Jungfer Charlotte betrifft: So ists wahr,
daß ich sie verschiedenemal um ihre Gegengunst gebeten,
aber auch allemal abschlägige Antwort erhalten, glaube
also, daß meine Untreue nicht so groß seyn wird, als man
mir beschuldiget.   5
    Charlotte. Mein Herr Sittenreich, sie sehen aber,
daß ich gewissenhafter bin, als sie sind. Ich habe ohne
ihre Einwilligung mein Herz nicht verschenken wollen.
    Sittenreich. Es ist wahr, liebste Charlotte, ich
habe einen Fehler begangen. Ich er= [71] kenne solchen, 10
und will zu meiner Entschuldigung nicht einmal sagen:
daß die Hitze meines Vaters, und das Zurathen des Herrn
Gutherz mich dazu verleitet haben. Nur dieses will ich
bitten, daß sie auf keine weitere Rache denken; denn der
Schrecken, den sie mir abgejaget, ist fürwahr Rache genug. 15
Dem Herrn Ehrenwehrt hätte ich mein Recht an ihrem
Herzen ohnedem mit oder wider Willen abtreten müssen;
denn für einen solchen Nebenbuhler hätten viel geschicktere
als ich, hinten an stehen müssen.
    Ehrenwehrt. Der Herr Bruder schmeichelt mir 20
gewiß, meiner Schwester wegen. Ja, ja, es ist in der
That eine schöne Sache, wenn man eine hübsche Frau,
eine artige Schwester oder Tochter hat. Mancher wird
desfalls verehret, und bildet sich ein, es gelte ihm
selber.   25
    Sittenreich. Dieses wird bey dem Herrn Bruder
nicht nöthig seyn. Ich habe das gute Vertrauen zu ihm,
daß er auch ohne Schmeicheln mein Freund seyn wird, und
erwarte also zu vernehmen, was der Herr Bruder, nach=
dem er mich auf eine so harte Probe gesetzt hat, in meiner 30
Liebessache vor einen Ausspruch thun wird.
    Ehrenwehrt. Zur Carolina. Liebste Schwester, was
saget ihr dazu?
    Carolina. Ich stelle alles in euren Willen, liebster
Bruder.   35
    [72] Ehrenwehrt. Führet sie dem Sittenreich zu. So em=
pfangen sie denn von meiner Hand diejenige Person, welche

ich für sie aufbehalten habe, und erkennen daraus, daß ich
ihr Freund bin.

Sittenreich. Zur Carolina. Ist es möglich, schönste
Carolina, daß sie denjenigen lieben können, an dessen
5 Aufrichtigkeit sie vor kurzer Zeit zu zweifeln Ursache ge=
habt haben?

Carolina. Die Umstände haben mich überführet,
daß ich ihnen zu nahe gethan habe. Der Zweifel hat
völlig aufgehöret, und ich bereue meine Uebereilung.
10 Sittenreich. So empfangen sie denn mit der Hand
zugleich ein Herz, welches nicht aufhören wird, diejenige
Person zu lieben, woran mir mehr als an allen Schätzen
der Welt gelegen ist. Zum Ehrenwehrt. Ihnen aber, Herr
Bruder, bin ich unendlich verbunden, für ein Geschenk,
15 welches ich nicht vermögend bin zu ersetzen, wie gerne
ich auch wollte.

Ehrenwehrt. Des Herrn Bruders beständige Ge=
wogenheit ist allein vermögend, mich ihm zu verbinden.

Charlotte. Nun, Herr Sittenreich, haben sie den
20 Schrecken vergessen, den wir ihnen verursachet haben?

Sittenreich. O ja, und zwar das darauf erfolgte
Vergnügen ist um so viel angenehmer.

[73] Charlotte. So verzeihen sie mir denn auch, was
ich auf Anstiften des Herrn Ehrenwehrts dazu beygetragen
25 habe. Beschuldigen sie mich aber keiner Unbeständigkeit;
sondern gedenken: daß ich nicht anders verfahren können,
zumal, da ich erfuhr, daß ich eine Nebenbuhlerin hatte.
Ich mußte also, wie sie, das Gewisse, dem Ungewissen
vorziehen.
30 Sittenreich. Ich glaube, sie wollen sich noch ein=
mal an mir rächen. Jedoch, einem Frauenzimmer, das in
kurzer Zeit einen Bräutigam bekommen, muß man nicht
übel deuten, was es in der ersten Hitze spricht. Ich bin
auch mit meinem Schicksal so vergnüget, daß ich nicht Zeit
35 habe, ihnen von der Unbeständigkeit des Frauenzimmers
eine Rede zu halten, welche sie vielleicht, ohne böse zu
werden, nicht anhören mögen.

Ehrenwehrt. Ey, ey, Herr Bruder! junge Freyer
müssen nicht einmal wissen, daß es unbeständiges Frauen=
zimmer giebt.
    Sittenreich. Das ist wahr, denn die Liebe wird
ja blind abgemahlet.   5

[74]   Zehnter Auftritt.
             Gutherz, und die Vorigen.

    Ehrenwehrt. Es ist gut, mein Herr, daß sie
kommen, sonst wären wir in Zank gerathen.
    Gutherz. Ey, ey, wenn Verliebte sich zanken, das   10
ist ein gutes Zeichen. Jedoch mir deucht, der Zank muß
nicht weit her gewesen seyn, denn sie sehen alle so ver=
gnügt aus.
    Ehrenwehrt. Wir haben uns zankend vereiniget,
daß Herr Sittenreich der Bräutigam meiner Schwester,   15
und Jungfer Charlotte meine Braut seyn soll.
    Gutherz. Ich glaube, daß sich mancher auf die
Weise gerne einmal zankte. Inzwischen nehme ich gar
vielen Theil an ihrem Vergnügen, und wünsche ihnen von
Herzen Glück; allein das macht mir Sorge, daß mein   20
Schwager damit nicht friedlich seyn wird. Er stehet in
den Gedanken, daß Herr Ehrenwehrt eine Absicht auf seine
Jungfer Tochter habe; und er wird abscheulich schmälen,
wenn er hören wird, daß sie von der Jungfer Charlotte
ausgestochen worden.   25
    Ehrenwehrt. Mein Herr Gutherz, es ist würklich
an dem, daß ich die Meinung gehabt [75] habe, die Jungfer
Tochter des Herrn Grobian zu heirathen. Nachdem ich
sie aber gesehen, und ihre schlechte Erziehung wahrge=
nommen habe, so habe ich meine Meinung geändert. Im   30
Heirathen muß man seiner eigenen und nicht anderer Leute
Neigung folgen, und also sagen sie nur meinenthalben dem
Herrn Schwager: daß ich zwar gesonnen, meine Freiheit
zu verkaufen, aber nicht um einen so schlechten Preis, als
seine Tochter.   35

Charlotte. Sagen sie der Jungfer Susanna meinet=
wegen: Sie könne sich mit gutem Gewissen einen schlechtern
Freier erwählen.

    Gutherz. Ich werde ein unangenehmer Bote seyn.
5 Jedoch, was ist zu thun?

Ende des zweeten Aufzuges.

Dritter Aufzug.

Erster Auftritt.

Grobian und Agneta.

10   **Grobian.** Mich soll doch beym Teufel verlangen,
was endlich aus der Sache werden wird.
[76] **Agneta.** Habe nur guten Muth, mein lieber Mann,
es wird sich schon geben. Seitdem ich darzwischen gekommen
bin, hat die Sache ein ganz ander Ansehen gewonnen.
15 Ich habe meinen Sohn mit der Jungfer Carolina allein
gelassen. Ich weiß, was das nach sich ziehet, wenn man
mit Mannspersonen alleine ist.

    Grobian. Ha, ha, sprichst du aus eigener Er=
fahrung? Bist du auch wohl eher mit Mannspersonen
20 allein gewesen? Nun gestehe es nur. Hast du Geld dafür
bekommen, so soll es nicht darauf ankommen?

    Agneta. Ich glaube, daß du nicht gescheut bist.
Bin ich nicht oft mit dir allein gewesen?

    Grobian. So, so, laß es denn gut seyn: erzähle
25 mir nur weiter.

    Agneta. Ich gedenke, unser Sohn wird sich der
Gelegenheit bedienet haben; denn ich habe befohlen, daß
in einer halben Stunde niemand zu ihnen hinein gehen soll.

    Grobian. Die Erfindung ist ungemein: und wenn
30 deine Anschläge glücken, so sollt du Zeit Lebens eine Erz=
kupplerin heissen.

    Agneta. Dem Herrn Ehrenwerht habe ich so ver=
blümt zu verstehen gegeben, daß unsere Tochter ihm un=

versagt wäre, und also ein rechter dummer Schöps seyn
müßte, wenn er es nicht gemerket hätte. Es scheinet aber,
als wenn es [77] ihm kein rechter Ernst wäre; und ich
glaube, er ist von der Art, die lieber plaudern und hase-
liren, als heirathen.   5
    Grobian. Warum gebet ihr ihm Gelegenheit zum
Plaudern? Warum habt ihr die Charlotte holen lassen?
Und warum sie annoch nicht zum Hause hinaus geworfen?
Wahrhaftig, wenn die mir den Handel verdürbe, ich ließ
ihr einen Staubbesen im Keller geben. Da kommt es her, 10
wovon wir so oft gesprochen haben, daß der Umgang mit
Fremden lauter Unglück nach sich ziehet. Es ist nicht
genug, daß einem die Teufelskinder das Haus unrein
machen, den besten Bissen aus der Schüssel fressen, sondern
wenn man einmal ernsthafte Geschäfte hat: So sitzen die 15
verfluchte Hunde einem dazu im Wege. Es wäre genug,
wenn die Närrin unsers Gleichen wäre; so möchte sie sich
auf Herrn Ehrenwehrt Rechnung machen. Aber dafür ist
meiner Tochter Brautschatz Bürge. Einen Quark wirst
du kriegen. Herr Ehrenwehrt ist aus einem Geschlechte, 20
das den Wehrt des Geldes so gut kennet, als ich.

Zweeter Auftritt.

Sittenreich. Die Vorigen.

    Grobian. Nun, nun, wie stehts, mein Sohn?
[78] Wie hast du deine halbe Stunde angewandt, die du 25
mit der Jungfer Carolina allein zugebracht?
    Sittenreich. Recht wohl, Herr Vater! Ich habe
nicht allein ihr Herz erobert, sondern auch die Einwilligung
ihres Bruders erhalten.
    Grobian. Das ist ja unvergleichlich.   30
    Agneta. Das habt ihr mir zu danken.
    Grobian. Wie stehts aber mit deiner Schwester?
Hat der Herr Ehrenwehrt sich noch nicht heraus gelassen?
    Sittenreich. Die Wahrheit zu gestehen, Herr
Vater, ich habe meiner eigenen Sache wegen nicht Acht 35

darauf haben können. Ich glaube aber, es wird sich
wohl geben. Bey Seite. Der Henker sage ihm die
Wahrheit.

 Grobian. Nun höret, weil der eine Punkt seine
5 Richtigkeit hat, so bemühet euch alle beyde, daß ihr den
andern auch so weit bringet. Du, liebe Frau, hast un=
gemein Glück im Kuppeln, und du, mein Sohn, hast Verstand, das merke ich heute zum erstenmale, indem du dich
ein reiches Mädgen zur Frau erwählet hast. Wenn ihr
10 beyde euch zusammen macht, so wird es schon gehen. Mit
einem Worte: Ich habe viel Vertrauen zu euch. Ich will
indessen unter meinen Pfändern suchen, ob ich nicht ein
paar Ringe und andere Sachen, welche sich für euch schicken,
finden kann, die will ich den Eignern fürs [79] halbe Geld
15 abbringen. Man muß seinen Staat auf anderer Leute
Rechnung führen können.   Gehet ab.

 Agneta. Nun, mein Sohn, ihr müsset denn auch
hinführo mit eurer Braut, ob sie gleich eine Ausländerin
ist, nach unserer Landesweise leben. Vors erste muß die
20 Heirath noch vier Wochen verschwiegen bleiben, hernach
müßt ihr sie nicht anders, als Sonntags, Dienstags und
Donnerstags besuchen.

 Sittenreich. Liebe Frau Mutter, ich werde es
morgen allen Leuten sagen; und hernach des Montags,
25 Mittwochs, Freytags und Sonnabends hingehen.

 Agneta. Was! wollet ihr mir zu guter letzt noch
ungehorsam seyn? Wisset ihr nicht das alte Sprüchwort:
Ländlich, sittlich. Wisset ihr wohl, daß unsers Nachbarn
Sohn, da er am Sonnabend nach seiner Braut gehen wollte,
30 das Bein zerbrach? Wisset ihr wohl, daß man kein Stern
noch Glück hat, wenn man es nicht so macht, wie die lieben
Alten es gemacht haben.

 Sittenreich. Ey, Frau Mutter, verschonen sie
mich doch mit abergläubischen Dingen, und laßt uns doch
35 einmal vernünftig werden.

 Agneta. Saget mir doch eure Meinung, wie bringen
wir die Heirath der Susanna am be- [80] sten zu Stande.

Ihr seht, daß mein Mann ganz verdrießlich wird, weil es so lange währet.

Sittenreich. Er wird noch viel verdrießlicher werden, wenn er höret, daß gar nichts daraus wird.

Agneta. Warum sollte nichts daraus werden? Was Henker! Herr Ehrenwehrt ist ja blos deswegen hieher gekommen. Er würde sich ja schämen, wenn er unver= richteter Sache wieder weggehen sollte.

Sittenreich. Ich habe von jeher daran gezweifelt. Denn obwol seine Absicht würklich gewesen ist, meine Schwester zu heirathen: So bedenke die Frau Mutter dagegen, wenn ein Mensch von solcher Lebensart, von solchen Sitten und von solchem Herkommen, als Herr Ehrenwehrt ist, ein so verwildertes Mädgen zu sehen kriegt, wie meine Schwester ist, nicht Ursache hat seine Meinung zu ändern?

Agneta. Schweigt, sage ich! von eurer Schwester Lebensart. Sie ist gut genug. Sie kann zehn Männer vor einen kriegen.

Sittenreich. Das glaube ich gar wohl. Ihres gleichen, das ist, solche Leute, welche man alle Augenblicke von der Gasse greifen kann. Aber von der Art, wie der Herr Ehrenwehrt ist, das möchte viele Mühe erfordern.

[81] Agneta. Der Herr Ehrenwehrt wird doch nicht mehr Künste können, als andere Mannspersonen?

Sittenreich. Ja freylich kann er die. Zum Ehe= stande gehöret mehr als Essen, Trinken und Schlafen. Es wird ein angenehmer Umgang und eine gute Begegnung beyder Gatten erfordert, welche die verdrießliche Stunden, so im Ehestande vorkommen, versüssen; wodurch einer den andern beständig aufmuntert, und wodurch die Liebe immer wächset, an statt sie bey andern abnimmt. Es wird Ver= stand erfodert, wenn einer dem andern seine Fehler zu gute hält. Es sollen auch wohlgezogene Kinder, und nicht solche Ungeheuer . . . .

Agneta. O, schweigt, schweigt! Von so vielen Weitläuftigkeiten habe ich mein Lebtage nicht gehöret, und lebe gleichwol im Ehestande.

Dritter Auftritt.

Susanna, und die Vorigen.

Susanna. Mama, mein Bräutigam sitzt immer
bey der Charlotte, und sagt mir kein Wort.
5   Agneta. Das ist nicht gut.
Sittenreich. Meine liebe Schwester, wo=[82]von
soll er mit euch reden? Ihr wisset ihm ja nichts zu ant=
worten. Da sehet ihr nun, daß ich es gut mit euch ge=
meinet habe, wenn ich euch ermahnet, daß ihr euch zur guten
10 Lebensart gewöhnen solltet. Wahrhaftig! von Kutschern
und Mägden lernet man solche nicht. Da habt ihr nun
schöne Ehre, daß euch ein armes Mädgen vorgezogen wird.
Susanna. Das beste ist, daß ich nicht viel dar=
nach frage.
15   Agneta. Wie so? gefällt dir dein Bräutigam nicht?
Susanna. Er gefällt mir zwar wohl, aber die
Wahrheit zu sagen, er ist mir zu vornehm.
Sittenreich. Hat jemand sein Lebtage gehöret,
daß einem Frauenzimmer ein Bräutigam zu vornehm seyn
20 kann? Ich merke wohl, eure Reden bedürfen einer Er=
klärung. Ihr wollet gewiß sagen: Er ist nicht nieder=
trächtig. Aber saget lieber: Ihr seyd ihm zu geringe,
denn das läuft auf eins hinaus. Jedoch saget mir: Wie
reimet sich das mit euerer Einbildung? Ich habe euch wohl
25 hundertmal sagen hören, ihr wäret eine von den vor=
nehmsten Jungfern in der Stadt? Wisset ihr aber wohl,
worin alle eure Vorzüge bestehen? In euerer und anderer
Leute schlechten Einbildung, und in dem Reichthum, den
ihr besitzet. Sonst seyd ihr nichts weniger, als vor=[83]nehm
30 oder edel; und derjenige, welcher euch mit dem rechten
Namen nennen will, heißt euch den reichen Pöbel.
Susanna. Ich habe gar nicht nöthig, von euch
dergleichen hönische Reden zu vertragen. Wenn ihr sonst
nichts wollet: könnet ihr nur euerer Wege gehen.
35   Sittenreich. Ich mag ohnedem nicht länger mit euch
reden, denn ich ärgere mich, so oft ich euch sehe. Gehet ab.

Agneta. Meine liebe Tochter, was wird der Vater sagen, wenn er höret, daß unsere Sachen so schlecht laufen? **Susanna.** Ich stelle mir noch immer das Beste vor. Wenn Charlotte mir nur nicht im Wege wäre. Ich habe sie holen lassen, daß sie mir Anleitung geben sollte, 5 wie ich mit meinem Bräutigam umgehen müste; aber sie hat mir schöne Anleitung gegeben. Sie ist die Einzige, die mir im Wege sitzet. **Agneta.** Ey, wir wollen ihr die Thüre weisen.

Vierter Auftritt. 10

Gutherz und die Vorigen.

Gutherz. Wohin so eilig? [84] **Agneta.** Wir wollen die Charlotte zum Hause hinaus schmeissen. **Gutherz.** Warum das? 15 **Agneta.** Weil sie meiner Tochter hinderlich ist, und verursachet, daß ihr Bräutigam nicht mit ihr reden kann. **Gutherz.** Meinet ihr denn, liebe Schwester, wenn Charlotte nicht gegenwärtig ist, daß er alsdenn eurer Tochter sogleich einen Liebesantrag thun wird? 20 **Agneta.** O ja! **Gutherz.** Ich versichere euch das Gegentheil. **Agneta.** Wie so? **Gutherz.** Es thut mir leid, daß ich Zeuge gewesen bin. Er hat sich in meiner Gegenwart mit der Jungfer 25 Charlotte verlobet. **Susanna.** Weinend. Ach, Mama! **Agneta.** Ey, das hättet ihr nicht zugeben müssen; ich meinte ihr wäret ein aufrichtiger Freund unsers Hauses? **Gutherz.** Ich bin aber kein Herr über den Willen 30 des Herrn Ehrenwehrt. Ich habe das Meinige gethan, aber die Antwort, so ich erhalten, klingt eben nicht zu vortheilhaft. **Agneta.** Was sagte er denn?

Gutherz. Er sagte: Ich möchte dem Herrn Gro=
bian nur hinterbringen, daß er seine Frei= [85] heit nicht
um einen so geringen Preis, als die Jungfer Susanna,
verkaufen möchte.

Agneta. Der Narr, verachtet meine Tochter, und
wählet sich ein nacktes Mädgen!

Susanna. Weinend. Ach, Mama! ich kriege nun
mein Lebtage keinen Mann.

Agneta. O, gräme dich nur nicht! Ich will dir
einen aussuchen, der besser nach deinem Sinne ist.

Gutherz. Ihr habt in Wahrheit wenig Ehre da=
von, daß Herr Ehrenwehrt ein armes wohl erzogenes
Mädgen einer reichen übel gerathenen Jungfer vorge=
zogen hat.

Agneta. O, ihr habet immer was zu weissagen.

Gutherz. Und ihr wollet nicht einmal durch Schaden
klug werden.

Agneta. Ihr könnet euer Gewerbe bey meinem
Manne selber anbringen. Ich habe nichts damit zu thun.
Er wird für Zorn aus der Haut fahren.

Gutherz. Euer Mann fürchtet sich ja sonst für
niemand mehr, als für seine Frau.

Agneta. Das ist ein vernünftiger Mann, der sich
von seiner Frau regieren läst.

Gutherz. Und für einen unvernünftigen [86] Mann
ist es ein Glück, wenn er eine vernünftige Frau hat, die
ihn regieren kann.

Agneta. Es ist keine Frau in der Welt, die nicht
mehr Verstand hat, als ihr Mann.

Gutherz. Es ist wohl wahr, denn sie haben immer
den Hut.

Agneta. Wenn ich meinem Manne in vielen Dingen
nicht gerathen hätte: es würde oft toll ausgesehen haben.

Gutherz. Indem man andern guten Rath ertheilet,
vergißt man sich gemeiniglich selber.

Agneta. Ich merke wohl, daß ihr darauf zielet,
daß meine Tochter nicht nach eurem Sinne erzogen ist.

Allein, wenn ich mit ihr zufrieden bin, so bekümmert mich
nicht, was andere davon sprechen. Wissenschaften verleiten
das Frauenzimmer nur zu Eitelkeiten; und wenns ans
Heirathen geht, so heißt es doch: Wie viel Geld ist da?
Die armen Jungfern mögen noch so viel gelernet haben;   5
so bleiben sie doch sitzen.

G u t h e r z. Von dem Gegentheil haben wir heute
ein klares Exempel.

A g n e t a. O, das ist etwas seltenes, und beweist,
daß Herr Ehrenwehrt nicht recht klug ist. Ein Exempel   10
aber, daß sich unter hundert tausenden kaum einmal zu=
trägt, kann nicht gerechnet werden. Genug, meine Tochter
soll gewiß nicht sitzen bleiben.

[87] G u t h e r z. Ich wünsche, daß sie das Ziel ihres
Verlangens noch heute erreichen möge.   15

Agneta und Susanna gehen ab.

G u t h e r z. Soll ich es ihm denn anbringen, so
mag es darum seyn; so will ich ihm auch alles sagen,
was ihm zu wissen nöthig ist, er mag so böse werden,
als er will.   20

Fünfter Auftritt.

Grobian und Gutherz.

G r o b i a n. So geht mirs immer. Wenn ich meine,
ich habe hundert Reichsthaler verdienet, so sind es nur
neun und neunzig. Wenn ich eine Erbschaft von 20 000   25
Reichsthaler kriege; so müssen wenigstens 300 Reichs=
thaler schlechte Schulden darunter seyn. Kein Wunder
wäre es, wenn man sich zu nahe thäte. Da habe ich
einen schönen Schmuck von Perlen und Juwelen, der bey
mir versetzet ist; da gedachte ich fest, ich wollte ihn dem   30
Eigner für das halbe Geld abbringen: so muß ich zu
meinem Unglück hören, daß er morgen eingelöset werden
soll; und bin also genöthiget, die Steine und Perlen, so
zu meiner Kinder Hochzeitschmuck erfodert werden, für
baares Geld zu kaufen. O, bin ich nicht der unglück=   35

seligste Mensch von der [88] Welt! ich kann doch nicht
sagen, wie einem zu Muthe ist, der eine recht vergnügte
Stunde hat.   Siehe da, Herr Schwager, sind sie hier?
    Gutherz.   Ja, ich bins, und höre mit Verwunde=
5 rung, wie sie sich über ihr Unglück beklagen.
    Grobian.   Habe ich nicht recht? gehet wohl eine
Sache nach meinem Sinne? Es sind ohngefehr acht Tage,
da fand ich auf der Gasse einen kleinen Beutel, welchen
vermuthlich jemand verlohren, darin zählte ich vier Gold=
10 stücke.   Als ich solche des andern Tages wollte tariren
lassen, war eines darunter, so nur von Silber und ver=
göldet war; darüber ärgerte ich mich dermassen, daß man
mir zur Ader lassen mußte.
    Gutherz.   Das hat ihnen jemand zum Possen gethan.
15   Grobian.   Das ist möglich, denn es giebt viele
Verschwender.   Jedoch ich wollte, daß man mir auf die
Art oft einen Possen spielte.
    Gutherz.   Das wäre eine Gewissensjache. Wie!
wenn sie sich einmal todt ärgerten?
20   Grobian.   O, das hat nichts zu bedeuten. Wenn
ich Geld dafür bekomme, so schadet mir die Aergerniß nicht.
    Gutherz.   Ich höre, wenn sie Stockschläge kriegen,
so ärgern sie sich auch nicht, um die Proceßkosten zu
ersparen.
25 [89] Grobian.   Ich merke schon, worauf sie zielen. Es
haben mir schon andere vorgerücket, daß ich neulich in
öffentlicher Gesellschaft Stockschläge bekommen; allein das
sind Schelme und Diebe, die es gesagt haben.   Wie die
Schlägerey anfieng, war ich eben weggegangen.
30   Gutherz.   Wenn ihr Rücken damit zufrieden ist;
so kann ich es auch leiden.
    Grobian.   Ein jeder muß seine Sachen ausführen,
wie ers für sich selbsten am zuträglichsten findet; und
das sind Schurken, die sich um anderer Leute Schläge
35 bekümmern.
    Gutherz.   O, das sind Kleinigkeiten, wenn ihnen
nicht sonst jedermann mit Fingern nachwiese.

Grobian. Ey, laß sie mir hinten fingeriren, so
viel sie wollen.

Gutherz. Aber wollen sie denn nicht einmal in
sich schlagen, und sich für sich selber schämen? Betrachten
sie nur ihre Gestalt. Sie gehen auf der Gasse wie ein 5
Bär, und nicht anders, als wenn sie bestellt wären, jeder=
mann zu verfolgen. Sie grüssen ihre besten Freunde nicht.

Grobian. Ey, mein Hut kostet Geld.

Gutherz. Alle Leute klagen über ihre Unempfind=
lichkeit. Neulich hat jemand vor ihrer Thüre ein Wagen= 10
rad zerbrochen, und sie haben ihm nicht einmal eines von
ihren Rädern leihen [90] wollen, daß er hätte nach Hause
kommen können.

Grobian. Ey, Räder kosten Geld.

Gutherz. Ihre ganze Verwandschaft fürchtet sich 15
mit ihnen umzugehen. Sie gehen ihnen aus dem Wege,
als einem Raubthiere oder einem Trunkenen.

Grobian. Ich glaube, sie sind herkommen, um mich
toll zu machen.

Gutherz. Es ist meine Schuldigkeit, ihnen die= 20
jenige Aufführung vorzuhalten, wodurch sie sich in der
ganzen Stadt eine üble Nachrede machen.

Grobian. Nachrede hin, Nachrede her. Wenn die
Leute sagen, daß man kein Geld hat, das ist eine üble
Nachrede. 25

Gutherz. Wenn sie sagen, daß man hochmüthig
ist, das ist noch eine ärgere Nachrede; und ihnen die
Wahrheit zu sagen: Der Hochmuth ist eben die Wurzel
ihrer Grobheit. Sie bilden sich ein, daß niemand in der
Stadt sey, an dem mehr gelegen ist, als an ihnen. Wenn 30
sie sich in den Finger schneiden, und der Nachbar bricht
einen Arm oder ein Bein; so ist ihr Unglück doch das
größte. Sie meinen, die ganze Welt sey nur allein zu
dem Ende da, daß sie ihnen zolle. Wie wäre es sonst
möglich, daß sie sich ärgern könnten, wenn sie etwas finden, 35
daß nicht so viel [91] wehrt ist, als sie sich vorstellen? oder
wie können sie mit Fug verlangen, daß ihnen jemand

Kleinobien oder andere Sachen für den halben Wehrt ver=
kaufe? Und wie können sie wohl mit Recht böse werden,
wenn man ihnen dergleichen Thorheiten vorhält, da sie
doch allen Leuten, die mit ihnen umgehen, nichts als Grob=
5 heiten sagen.

Grobian. Wenn mir jemand anders dergleichen
Dinge sagte, den sollte der Beelzebub aus meinem Hause
führen. Weil ich aber ihrer Hülfe heute noch benöthiget
bin, so will ich sie mit Höflichkeit bitten, das verfluchte
10 Maul zu halten, und mir statt dessen zu sagen: wie meiner
Kinder Heirathsachen stehen.

Gutherz. Von ihrem Sohne werden sie vernommen
haben, daß er der Jungfer Carolina Herz gewonnen hat.
Was aber ihrer Jungfer Tochter Absicht auf den Herrn
15 Ehrenwehrt betrifft, daraus möchte wohl nichts werden.

Grobian. Was! nichts werden?

Gutherz. Nein! Und, um sie nicht aufzuhalten,
so wissen sie: daß der Herr Ehrenwehrt ihre Tochter nicht
verlanget, weil sie nicht nach seinem Sinne erzogen ist;
20 dagegen hat er sich die Jungfer Charlotte zur Braut er=
wählet.

Grobian. O Himmel! Laßt den Barbierer kommen,
daß er mich zur Ader läßt! Schickt zum Doctor, daß er
ein Pulver mitbringe! ach, [92] ein Clystir! Wo ist meine
25 Frau mit ungarischem Wasser? Ha, ich zerreisse mich!
ich werde toll! ich bin des Todes! Ich bin verdammt!
Ach, meine Tochter! Charlotte! Meine Frau! Herr Ehren=
wehrt! Mein Sohn!

Sechster Auftritt.

30   Agneta und die Vorigen.

Agneta. Was ists? was giebts? wollen sie dich
umbringen, lieber Mann?

Grobian. Ach, liebe Frau! hast du das entsetzliche
Unglück gehöret?

35   Agneta. Was denn?

Grobian. Herr Ehrenwehrt will die Charlotte
heirathen.

Agneta. Je, sonst nichts? ich dachte was es wäre.
Das habe ich schon längst gewußt. Darum stelle dich nur
nicht so ungebehrdig an. 5

Grobian. Ach, ist die Ursache nicht wichtig genug?
Die verfluchte, vermaledeyete Charlotte! Halt mich, oder
ich begehe einen Mord.

Agneta. Ey schäme dich, Mann! willst du ein
Narr dazu werden? 10

Grobian. Ach, muß ich das Unglück erleben, daß
es armen Leuten wohl gehet! Ein Strick her! ich will
mich erhängen.

[93]   **Siebenter Auftritt.**

Susanna und die Vorigen. 15

Susanna. Weinend. Ach, Papa! denk, Papa! wie
ich heute verachtet werde.

Grobian. Gehe mir aus den Augen, du Aas,
oder ich trete dich mit Füssen.

Agneta. Je, was kann das arme unschuldige 20
Mädgen dafür, daß Herr Ehrenwehrt ein Narr ist?

Grobian. Was! sie sollte sich besser aufgeführet
haben. Warum hat sie die Charlotte hergerufen? und
da sie sahe, daß sie ihr hinderlich war, warum sie nicht
gleich fortgeschickt? Ja komm nur her, du Bestie, du 25
sollst das Gelag bezahlen. Will sie schlagen.

Susanna. Schreyet. Ach, Mama! Mama!

Agneta. Tritt vor ihr. Ey, rühre sie einmal an,
ich will dir weisen, mit wem du zu thun hast.

Grobian. Stärke sie nur in ihren Lastern, so kann 30
sie hernach mit dem Kutscher davon laufen, wenn sie sich
die andern Freyer von der Nase wegnehmen läßt. Er
lauft so schon hinter ihr her.

Agneta. Was! willst du deiner Tochter selbst einen
bösen Namen machen? Schweige, sage ich dir, oder es 35
gehet nicht gut.

[04] Grobian. Der Henker weiß, was ihr beyde wohl
betreibet, wenn ich nicht zu Hause bin.

Agneta. Ich sage dir noch einmal, du sollst schweigen,
oder ich kratze dir die Augen aus.

5   Grobian. Nu, nu, ich will denn schweigen.

Achter Auftritt.

Sittenreich. Carolina und die Vorigen.

Grobian. Ha, Jungfer Carolina! ihr Bruder ist
ein schöner Kerl.

10   Carolina. Wie so? mein Herr!

Grobian. Wissen sie nicht, was er gemacht hat?

Carolina. Mir ist nichts böses bewust.

Grobian. Ich kann mir auch nicht einbilden, daß
sie es wissen, denn sonst hätten sie es nimmer zugegeben.

15   Carolina. Sollte mein Bruder etwas begangen
haben, daß wider ihres Hauses Ehre wäre: so will ich es
ihm selber verweisen.

Grobian. Freylich, hat er mein Haus geschändet,
und ich werde es ihm mein Lebtage nicht vergeben.

20   Carolina. Behüte der Himmel! worinn bestehet
denn sein Verbrechen?

[95] Grobian. Darin, daß er die Charlotte heirathen
will. Denken sie doch, ein nacktes Mädgen!

Carolina. O, das ist mir schon bekannt; thut er
25 daran übel?

Grobian. Ich höre wohl, sie sind auch im Kopfe
verrückt. Ist das nicht eine Verachtung meiner Tochter?

Carolina. Er kann ja aber nur eine nehmen.

Grobian. Das weiß ich ohnedem wohl; aber er
30 hätte doch wohl klüger gethan, wenn er statt eines armen,
ein reiches Mädgen erwählet hätte.

Carolina. Hierinn sehe ich keinen Unterscheid.
Man heirathet ja die Person, und nicht das Geld. Die
Jungfer Charlotte wird meinem Bruder besser gefallen
35 haben, darum hat er ihre Jungfer Tochter nicht verachtet.

Meines Bruders Absichten beym Heirathen sind bloß auf sein eigen Vergnügen gerichtet.

Grobian. So weiß er schlecht, worin das Vergnügen bestehet.

Carolina. Ein jeder sucht sein Vergnügen nach seiner Einsicht. Was den einen ergößt, ist oft dem andern zuwider.

Grobian. Wer sich am Gelde nicht ergößt, der muß toll und rasend seyn.

[96] Carolina. Das Geld ist freilich eine schöne Sache, weil man dessen nicht entbehren kann; der Ueberfluß aber, welchen man einsperret, und welchen man nicht genießet, ist schädlich; und wer einen Abgott daraus macht, der handelt gar thöricht. Mit einem Worte: Der Mißbrauch einer jeden Sache ist unerlaubt; und das Geld ist zu keinem andern Endzweck da, als daß wir es zu unserer Bedürfniß anwenden, und mit dem Ueberflusse uns Freunde machen.

Grobian. Für den besten Freund in der Welt gebe ich keinen falschen Sechsling. Wenn man reich ist, muß jeder unsere Freundschaft suchen, und sichs für eine Ehre schäßen, wenn wir einmal zugeben, daß er in unserm Hause sich eine halbe Stunde vor uns schmieget und bückt. Aber, höre sie, meine liebe zukünftige Schwiegertochter! da sie so vielen Verstand gehabt hat, sich einen reichen Bräutigam zu erwählen; so rede sie ihrem Bruder zu, daß er die Charlotte laufen läßt, und meine Tochter nimmt.

Carolina. Da kommt er eben her. Sie werden seine Meinung von ihm selber am besten erfahren.

[97] **Neunter Auftritt.**

Ehrenwehrt, Charlotte und die Vorigen.

Ehrenw. Ist etwan Feuer im Hause? Es war ja vor kurzem ein abscheuliches Geschrey hier.

Grobian. Wenn nur kein Feuer in des Herrn Gehirne ist. Ich werde ja wohl Macht haben, in meinem eigenen Hause Lerm zu machen?

Ehrenwehrt. Sie verzeihen, mein Herr, wenn
ich so fürwitzig gewesen bin. Es kam mir zum wenigsten
vor, als wenn sich ein Unglück zugetragen hätte, und ich
wollte gerne deswegen mein Mitleid bezeugen.

5 Grobian. Wir brauchen des Herrn Mitleid nicht.
Es thut ihm selber nöthig, daß man Mitleiden mit ihm
träget.

Ehrenwehrt. Wie so?

Grobian. Ist der Herr nicht so närrisch gewesen
10 und hat sich mit einem nackten Mädgen vertändelt? Wahr=
haftig, wenn ich es nicht in Betrachtung, daß mein Sohn
sein Schwager wird, unterliesse, ich spie ihm ins Gesicht.

Ehrenwehrt. Ey, ey, mein Herr! nicht so hitzig!

[98] Grobian. Meinet der Herr, daß meine Tochter
15 eine Närrin ist?

Ehrenwehrt. Ich habe nicht das geringste an
ihrer Jungfer Tochter auszusetzen.

Grobian. Warum will der Herr sie denn nicht
heirathen? Meinet er nicht, daß ich weiß, daß er blos
20 deswegen nach Hamburg gekommen ist? Hat den Herrn
etwan sonst niemand umsonst beherbergen wollen?

Ehrenwehrt. Ich gestehe gerne, daß meine Ab=
sicht gewesen ist, ihre Jungfer Tochter zu heirathen. Ich
habe es ihrem Herrn Sohne auch selbst gesagt. Allein
25 eben darum bin ich auch selbst anhero gekommen, um sie
erst zu sehen. Daß ich ihnen nun die Ursache nicht sage,
warum ich meine Neigung geändert habe, belieben sie
meiner Bescheidenheit zuzuschreiben.

Grobian. Bescheidenheit hin, Bescheidenheit her.
30 Der Herr hat einmal meine Tochter verlanget, er muß
sie auch nehmen. Ich halte es überdem nur für eine
Uebereilung; wenn der Herr sich erst recht besinnet: so
wird er die Charlotte bald laufen lassen, und dagegen
meine Tochter mit beyden Händen ergreifen. Und ihr,
35 Jungfer Charlotte, ihr habt hier nichts zu thun, da schert
euch zum Hause hinaus.

Charlotte. Ich habe ietzo keinen andern [99] Be=

fehlshaber, als den Herrn Ehrenwehrt; sobald mich der
verstößt, will ich gehen.

Grobian. Was! in meinem eigenen Hause?

Ehrenwehrt. Sie soll gehen, doch mit dem Be=
dinge, daß ich sie begleite.   5

Grobian. Nein, das ist die Meinung nicht, der
Herr soll hier bleiben.

Ehrenwehrt. Ey, das würde sich nicht schicken.
Sie ist ein für allemal meine Verlobte, und also kann
uns niemand trennen.   10

Grobian. So will der Herr also meine Tochter
nicht haben?

Ehrenwehrt. Mein Herr, bringen sie nicht so
stark in mich; es schickt sich nicht, daß ich nein sage.

Gutherz. O, es wäre nicht das erstemal, daß   15
Mannspersonen dem Frauenzimmer einen Korb geben.

Grobian. Weiß der Herr wohl, daß er nach hie=
sigen Stadtrechten, wenn es zur Klage käme, meiner
Tochter etwas für den Abtritt geben müste?

Ehrenwehrt. Die Sache würde sehr weitläuftig   20
auszumachen seyn. Jedoch, wenn es auch darauf ankäme,
so wollten wir uns schon vergleichen.

Grobian. Ich rufe euch alle zu Zeugen. Herr
Ehrenwehrt hat sich anheischig gemacht, [100] meiner Tochter
etwas für den Abtritt zu geben. Mein Herr! wenn er   25
allezeit so fix mit seinem Gelde ist: so hätte er sich zu
meinem Schwiegersohne nicht geschickt; denn von Ver-
schwendern bin ich ein Todfeind! Er mag also mit seiner
nackten Braut immer hinlaufen.

Ehrenwehrt. Ich versichere sie, mein Herr! daß   30
ich vergnügter mit ihrer blossen Person bin, als mit der
reichsten Jungfer ohne Erziehung.

Grobian. Ey, meinetwegen heirathe der Herr des
Teufels seine nackte Großmutter.

Agneta. Unsere Tochter soll auch schon einen Mann   35
kriegen, das soll meine Sorge seyn.

Ehrenwehrt. Ich wünsche ihr einen Liebsten, wie sie ihn verlanget.

Agneta. Kriegt sie denn keinen, der so reich ist, so soll sie auch keinen Verschwender haben. Meine Tochter!
5 wenn sonst niemand ist, so sollst du den Rothbart heirathen.

Susanna. Ach ja, Mama! mit dem können wir machen, was wir wollen, er ist nicht so vornehm.

Sittenreich. Mit dem könnet ihr auf dem Feuer= heerd in der Karte spielen; der kann auch schöne weltliche
10 Lieder mit euch singen.

Gutherz. Es ist besser ein schlechter Mann, als gar keiner.

Agneta. Es ist besser ein ehrlicher Mensch, der das Seine zu rathe hält, als ein reicher Verschwender.
15 [101] Gutherz. Liebe Schwester! der Fuchs schalte die Trauben sauer, als er sie nicht erreichen konnte.

Grobian. Habe ich etwan nicht Aergerniß genug gehabt?

Agneta. Ach, lieber Mann! du kennest ja meinen
20 Bruder, er mag gerne weissagen. Es ist der Mühe nicht wehrt, daß man ihn antwortet. Und wenn Herr Ehrenwehrt sein eigen bestes nicht wissen will; so können wir ihn nicht helfen. Gieb mir nur dein Wort, daß Herr Roth= bart unsere Tochter heirathen darf; so will ich bald Anstalt
25 dazu machen: Denn diese Sache habe ich mehr in meiner Gewalt. Was sagst du, meine Tochter! was gilts, Herr Rothbart gefällt dir besser, als Herr Ehrenwehrt?

Susanna. Mama! ich lasse mir alles gefallen, was sie für gut findet.
30 Sittenreich. Liebe Schwester! wenn man die Fliegen von einer mit Speisen besetzten Tafel verjagt, so setzen sie sich gemeiniglich auf einen Misthaufen, und stillen ihren Hunger mit eben so großem Appetit.

Gutherz. Darum haben auch die lieben Alten
35 gesagt: Ein Vater soll seinen Sohn verheirathen, wenn er will, und seine Tochter, wenn er kann.

Agneta. Haben das die lieben Alten gesagt! o,

so laß ich meinen Mann keinen Frieden, bis ers in meine
Hände stellet, daß ich meine Tochter an [102] den ersten,
der mir und ihr anstehet, verheirathen mag; denn für alte
Sprüchwörter und das Herkommen lasse ich mein Leben.
Susanna. Ach, ja, Mama! Blos um des Schimpfes 5
wegen, daß ein armes Mädgen eher als ich einen Mann
bekommt.
Charlotte. Ich will auch eine Fürbitte für sie
einlegen, Jungfer Susanna! Bedenken sie doch, Herr
Grobian, daß es ihnen den vergöldeten Schaupfennig von 10
20 Schill. gekostet hätte, wenn Herr Ehrenwehrt ihre
Jungfer Tochter genommen; der wäre ihnen doch hart
abgegangen.
Grobian. Ich hätte euch gerne 5 Marck 4 Schill.
zum Staubbesen gegeben, wenn ihr mir nur heute aus 15
dem Hause geblieben wäret.
Carolina. Sie sind doch der Herr Grobian.
Ehrenwehrt. Nu, nu, mein Herr! geschehene
Dinge sind nicht zu ändern. Wir müssen ins künftige
doch als gute Freunde mit einander leben, um so viel 20
mehr, da meine Schwester die Ehre hat ihre Schwieger=
Tochter zu heissen.
Grobian. Erst thut man alles, was man will;
hernach kommt man mit solcher dummen Schmeicheley an=
gestochen. 25
Ehrenwehrt. Ich will ihnen nebst meiner Liebsten
Abbitte thun, wenn sie es verlangen.
Grobian. Ey, mit Ehre ist mir nichts gedienet;
aber das will ich haben, daß sie die Juwelen [103] und
andere Sachen, welche sie ihrer Braut schenken, von mir 30
kaufen. Es werden oft dergleichen Sachen bey mir versetzt,
und da habe ich Gelegenheit sie wohlfeil zu erhandeln.
Ehrenwehrt. Dies verspreche ich ihnen, und noch
dazu will ich ihnen geben, was sie dafür verlangen, und
nichts davon abbingen. 35
Grobian. O, ho! wenn man endlich weiß, wofür
man eine Sache thut, so gehet man oft etwas ein, was

man sonst bleiben liesse. Ich wünsche ihnen mit ihrer
Jungfer Braut Glück und Segen. Geld ist die Losung.

Carolina. Nun, mein lieber künftiger Herr
Schwieger=Vater, sind sie mir denn auch böse?

Grobian. Meine Gewogenheit gegen ihnen wird
sich nach der Grösse ihres Brautschatzes richten.

Ehrenwehrt. Für 10000. Rthlr. jährliches Ein=
kommen bin ich Bürge.

Grobian. O, so sind sie meine allerbeste Schwieger=
Tochter. Der Himmel segne euch beyde und verleihe euch
die edle Sparsamkeit, so werdet ihr mit der Zeit aus
diesen 10000. Rthlr. 20000. machen.

Sittenreich. Wir wollen uns bestreben, dem
Herrn Vater, so viel möglich, jederzeit gefällig zu seyn.

Carolina. Wir wollen hübsch häußlich leben.

[104] Grobian. Der Himmel gebe sein Gedeyen dazu.

Agneta. Nun, lieber Mann, laß doch das arme
Mädgen nicht ungetröstet.

Grobian. Meinetwegen verheirathe sie an den
Schinder.

Agneta. Nun, so gieb dich zufrieden, meine Tochter!
in vier und zwanzig Stunden soll Herr Rothbart dein
Bräutigam seyn.

Gutherz. Es fehlet nichts, als daß ich noch mein
Vergnügen über diese dreyfache Verbindung an den Tag
lege. Mich deucht, keiner unter ihnen hätte besser wählen
können, und ein jeder, der davon hören wird, muß sagen:
Gleich und gleich gesellet sich gerne.

Ende des dritten und letzten Aufzuges.

[Vignette.]